I0564842

LES CONTES DE MA BONNE

LE

CASTEL DU DIABLE

PAR EUGÉNIE FOA

NOUVELLE ÉDITION.

LIMOGES

EUGÈNE ARDANT ET Cⁱᵉ, ÉDITEURS.

LES

CONTES DE MA BONNE

3ᵉ SÉRIE IN-8°.

DÉPÔT LÉGAL
HAUTE-VIENNE
18

Propriété des Éditeurs.

NOTA

—

Les Contes de ma Bonne a été approuvé
par la Commission des Bibliothèques scolai-
res et des Livres de Prix, dans la Séance
du 24 avril 1879.

LE

CASTEL DU DIABLE

CHAPITRE PREMIER

Le Castel du Diable, à Bordeaux

— Ma bonne, pourquoi appelle-t-on ce château le *Castel du Diable?* demandait, une après-midi du mois de mars 1829, la petite Mathilde Pichard à une vieille femme, qu'on reconnaissait aisément pour une paysanne des environs de Bordeaux, à sa jupe de laine rouge, ample et courte, au casaquin de laine bleue, ouvert sur les hanches, à travers l'ouverture duquel on apercevait un coin de chemise en toile écrue ; au mouchoir à carreaux rouges et jaunes, croisé sur son cou ; enfin, au bonnet de linon blanc, surmonté d'un second mouchoir bleu, plié en pointe, les trois pointes flottant, une par derrière et deux de chaque côté.

— Parce que... dit celle-ci avec un aplomb imperturbable, et en mouillant du bout des lèvres le lin qu'elle filait.

— Donne-moi une autre raison, ma bonne, reprit l'enfant d'un ton d'humeur.

— Va voir où est ton frère Ernest, où sont les enfants du mystère, Auguste et Juliette, et je te dirai ça, répondit la vieille femme en continuant à filer, pendant que Mathilde quittait la chambre pour remplir la mission dont sa bonne l'avait chargée.

Un moment après elle revint ; elle était accompagnée de son frère, qui paraissait plus âgé qu'elle d'un an ; et elle tenait par la main deux enfants qui pouvaient avoir tout au plus quatre ans; une vieille paysanne, tricotant en marchant, la suivait, et un paysan portant un fagot de bois mort sur ses épaules fermait la marche.

— Bonjour, la Janon, dit ce dernier en entrant et en jetant dans l'immense foyer de la chambre sa bourrée, qui s'enflamma aussitôt en pétillant.

— Bonjour Lignac, répondit Janon amicalement; l'ouvrage est fini?

— Ou tout comme, la bonne mère; voici la nuit, et bien que nous soyons à la mi-mars, il fait un froid de chien. J'ai dit à ma femme : Allons faire une petite visite à la Janon et aux enfants, et nous chauffer.

— Alors, asseyez-vous et chauffez-vous, mon vieux, dit Janon.

— Bonjour, la fileuse, dit la seconde paysanne à la première.

— Bonjour, la tricoteuse, répondit la première. Soufflez un peu le feu, Lignac. Catherine, sans vous commander, faites asseoir les enfants... bien... Ah!... nous allons commencer.

— Surtout, pas d'histoires de revenants, ma bonne, je t'en prie, dit Juliette, la plus petite des filles, que Janon désignait, ainsi que son frère, par les *enfants du mystère.*

— Oh! si... des revenants, répliqua Ernest : ça et les *Mille et une Nuits*... c'est tout ce qu'il y a de plus beau au monde.

— Ce soir, ma bonne nous dira pourquoi le château de papa s'appelle le *Castel du Diable*, et pourquoi on n'a jamais pu achever de bâtir la quatrième tourelle, dit Mathilde.

— Attendez, la fileuse, laissez-moi aller chercher mes filets pour les raccommoder pendant que vous nous direz ça, dit Lignac en se retirant.

Bien qu'il ne fît pas encore nuit, il ne faisait pas non plus grand jour : on était à ce moment de la journée appelé communément entre chien et loup; six heures venaient de sonner à l'église de Lormond, petit village à cinq minutes de chemin du castel, et à travers la fenêtre près de laquelle Janon filait on voyait le paysage

devenir de plus en plus sombre, le château, bâti anciennement, prendre un aspect plus gigantesque, et la Garonne, à
cause de la marée montante, rouler ses
flots jaunâtres d'une manière menaçante.

— Votre mari est bien bon garçon,
Catherine, dit Janon pendant l'absence de
Lignac... Mon Dieu ! je me rappelle quand
ce pauvre Jean Blanc et sa femme se furent laissés mourir... là.... tout d'un coup...
à huit jours de distance... l'un de l'autre...
il y a de cela trois ans... madame la
baronne me dit : « Nous aurons de la
peine à les remplacer... » Mais vrai, la
Lignac, ce n'est pas pour vous faire un
compliment, nous avons gagné au chan-
ge... et surtout depuis le départ de M. le
baron pour l'armée de la guerre en Alger,
et depuis la mort de ma maîtresse, tout
roule sur moi... car enfin, et malgré mes
soixante-dix-neuf ans bien sonnés à la
Saint-Jean... car je suis née en 1750...
Catherine... ce n'est pas d'hier... malgré
cet âge avancé, j'en fais encore plus que

je ne peux... j'ai quatre enfants sur les
bras... les deux enfants de M. le baron et
les deux enfants du mystère... à lever, à
habiller, à débarbouiller... faire leur chambre, leurs lits... raccommoder leur linge,
faire leur dîner... le mien... les *éduquer*
enfin, et je peux me flatter que leur édu-
cation est faite et parfaite, et qu'à deux
lieues à la ronde... depuis Lormond jusqu'à
Montferrand en passant par Bassens, on
trouvera peu d'enfants aussi bien élevés
que ceux-ci... ce n'est pas pour me van-
ter... Mais encore, bien que je fasse énormément d'ouvrage, je ne pouvais pas en
sus travailler à la vigne... couper le sar-
ment, placer les échalas... Et le jardin...?
le ratisser... ôter les mauvaises herbes...
planter les légumes... Non... je serais
morte à la peine... et si j'étais morte...
que seraient devenus ces astres d'enfants,
je vous le demande? Je ne sais ce que
dira M. le baron à son retour, mais je
pense qu'il sera content de nous trois: la
vigne est en plein rapport, et n'a pas gelé

cette année... il n'y a pas une mauvaise
herbe aux jardins, les enfants sont bien
portants, la figure propre, les mains aussi,
et jamais un trou ni à leurs bas, ni à leurs
peillots... Depuis trois ans qu'il est parti,
c'était un lundi de l'année 1827... mauvais
jour, le lundi... il trouvera du change-
ment... en bien s'entend... et ce n'est pas
pour me faire valoir... je ne suis pas *van-
teuse*, vous le savez, la Catherine, mais
c'est à moi qu'il devra tout ça, à mon
expérience, à ma sagesse, à ma vaillance, à
ma propreté, à mon soin, à mon ordre, à ma
prudence, surtout à ma prudence. Voici
votre homme, Catherine, faites-lui un peu
de place au foyer... ça ne lui fera pas de
mal.

— Ne bouge pas, not' femme, répondit
Lignac, entrant en portant ses filets sur ses
épaules, je n'ai pas froid, et je vais me
mettre contre la fenêtre pour y voir un
brin plus clair, afin de remmailler ce diable
de filet qui laisse aller tout le petit poisson
à la pêche.

— M. le curé vous a défendu de jurer,
Lignac... fit observer Janon.

— Il vous a bien défendu aussi de parler revenants, la Janon, et vous en parlez tout de même, répondit Lignac en souriant.

— Taisez-vous donc, Lignac, que ça n'a
pas de bon sens de dire des choses pareilles,
et qu'il faut que M. le curé, le bon Dieu lui
pardonne, ne croie à rien, pour ne pas
croire aux revenants... Dire qu'il n'y en a
pas... dans un vieux château comme le
Castel du Diable... bâti depuis des siècles...
où il est mort... je ne sais combien de personnes! Qu'est-ce qu'elles deviendraient,
ces personnes, si elles ne revenaient pas
un peu, les pauvres âmes?... Pas de
revenants!... c'est comme si l'on disait
qu'il n'y a pas de sorciers,.. ni de sorcières... ni de fées, ni de bons ni de mauvais génies... Voyez-vous, Lignac, il faut
croire à tout dans ce monde... et quand
vous voyez devant vos yeux que, sur les
quatre tourelles de ce château, il y en a

une qu'on n'a jamais pu achever de bâtir...
il faut croire aux revenants... ou à rien.

— Dans le fait, c'est vrai, la Janon, dit
Catherine jetant un regard à travers la croisée sur cette quatrième tourelle en ruine,
c'est vrai qu'elle n'est pas achevée de
bâtir... tout de même.

— Et qu'on n'a jamais pu l'achever... et
qu'on ne l'achèvera jamais... dit Janon;
que chaque jour les maçons qu'on faisait
venir de Bordeaux tout exprès la bâtissaient, et que tous les matins ils la trou-
vaient démolie, sans qu'on ait jamais su
pourquoi... ni par qui...

— Vous avec vu ça, la Janon, demanda
Lignac, ouvrant de grands yeux.

— C'était avant... bien avant ma naissance, Lignac, répondit Janon; le château
appartenait alors aux de Barsac... Vous
n'avez pas connu les de Barsac... vous
autres?...

— Non, Janon, ni Lignac non plus, répondit Catherine; nous sommes de Libourne,
la ville de M. le curé Raymond, et lors-

que nous sommes arrivés au castel, il y a trois ans, c'était la première fois que not' homme et moi venions au pays... mais vous les avez connus, vous, la Janon?...

— Pas plus que vous, Catherine, dit Janon, je ne suis pas non plus du pays; je suis du grand Montferrand, tout près de Peyronnet, l'ancien ministre de Charles X, et des Gradis, et des Brannes.

— Ma bonne, je t'en prie, l'histoire du Castel du Diable... dirent à la fois les quatre enfants, que cette conversation n'avait pas l'air d'intéresser beaucoup.

— Si on allumait les chandelles, fit observer Mathilde.

— Est-ce que le feu n'éclaire pas assez? répondit Janon; cette petite est prodigue comme tout. A l'entendre, on dirait toujours que son père a des milliasses de milliasses... Le premier économisé est le premier gagné... petite, entends-tu?

Mathilde n'ayant rien répondu, Janon commença ainsi :

CHAPITRE II

Où il n'est pas encore parlé du Diable

— Je reprendrai, mes enfants, l'histoire
d'un peu haut, dit Janon sans cesser de
filer, et ne s'interrompant que pour mouil-
ler son fil ou le raccommoder lorsqu'il se
cassait. Je suis née en 1750, au grand
Montferrand, comme je vous l'ai dit, tout
près de Peyronnet; mes parents étaient
pauvres, mais honnêtes. J'avais dix-neuf
ans quand j'épousai Piérille, batelier de la
famille Pichard de Bassens; je n'en ai eu
qu'un enfant, qui est mort un an après
sa naissance; mais je ne m'en plains pas,
car ce fut pour consoler Piérille qui pleu-

rait qu'on me prit au château Pichard, où
je nourris de mon lait le petit Pichard,
que nous appelions Pichardot, et qui, après
être devenu pauvre, pauvre comme tout,
devint un peu plus brave, puis général de
l'armée de la guerre, sous l'autre... que
monsieur appelle le grand Napoléon... je
n'ai jamais su pourquoi... à cause de sa
taille peut-être... Du reste, ce fut ce grand
Napoléon qui créa mon nourrisson baron
de l'Empire, comme on disait alors. Pour
en finir sur tout ce qui lui est arrivé jusqu'à ce jour, la Catherine, je vous dirai en
deux mots que Pichardot, créé baron de
l'Empire en 1812, épousa en 1815 une demoiselle noble de Bordeaux, Sophie d'Albertas, de laquelle il eut tout de suite un
fils qui ne vécut pas ; puis en 1820, Ernest,
qui a eu dix ans à la Toussaint ; puis en
1822, Mathilde... puis en 1825... voilà où
lui arriva la fameuse aventure des enfants
du mystère... mais je vous la conterai un
autre jour... Pour le quart d'heure, je reviens à Pichardot, aujourd'hui le général

Pichard, not' maître. Son père et sa mère
étaient des commerçants qui perdirent leur
fortune; ils vendirent leur propriété, ils
payèrent tout ce qu'ils devaient... Moi, ils
me devaient les mois de nourrice du petit
qu'ils ne me payèrent pas précisément,
mais ils laissèrent l'enfant pour m'indem-
niser... puis ils moururent... et je dis à
mon homme qui vivait encore : « Piérille,
monsieur et madame Pichard sont morts,
ils n'ont laissé pour héritage qu'un enfant;
c'est un héritage que les héritiers ne récla-
meront pas, il faut le garder... l'élever...
et en faire un bon batelier comme toi. »
Mon homme me répondit : « Fais comme
tu l'entendras, ma femme, mais quant à ce
qui est du petit, je l'aime comme si c'était
ni plus ni moins, mon propre enfant... »
Quelques temps après, voilà que mon
homme tombe malade et qu'il meurt... et
je ne sais quel gribouillage le médecin qui
avait soigné mon mari chanta aux de
Barsac du Castel du Diable, mais un beau
matin, un mardi... je n'ai jamais beaucoup

aimé les mardis non plus... je vis arriver
chez moi la comtesse, — car quand je vous
ai dit que je ne connaissais pas les de!
Barsac, je voulais parler des vieux, ceux
qui sont morts il y a cinq cents ans; — je
reviens à la comtesse, une belle femme,
ma foi, avec une belle robe de satin chan-
geant, que ça reluisait au soleil comme un
ver luisant. « Ma bonne femme, me dit-
elle avec une voix douce comme tout...
"ai entendu parler de vous par M. Mayaudon — M. Mayaudon, c'était le médecin
des riches comme des pauvres, un habile
homme, quoi, — et si vous voulez me sui-
vre au Castel du Diable, qu'elle ajouta, je
prendrai soin de vous et j'élèverai comme
mon fils Hector le petit Pichard, que vous
avez à votre charge... » Moi qui avais
entendu parler du Castel du Diable, qui
l'avais vu maintes et maintes fois, en
allant porter la *paneyrade* (1) à Bordeaux,

(1) Redevance de fruits et de fleurs que les
paysans des environs de Bordeaux portent à leurs
maîtres.

chez les Pichard, dans le bateau de mon
mari, je dis : « Nenni... nenni da, Madame ;
j'ai toujours vécu tranquille et sans aucun
commerce avec les morts, je vivrai de
même... » Hélas ! je ne savais pas qu'un
jour j'y viendrais dans ce château... Mais
aussi comment prévoir qu'un enfant qu'on
a nourri de son lait, qui n'était pas plus
haut que ma jambe, deviendrait grand un
jour, qu'il aurait des enfants, et qu'on
aurait envie d'élever ces enfants et de tout
braver pour ça... qui pouvait prévoir ça?...
Donc, pour en revenir, je refusai... mais
le curé de chez nous, qui entrait en ce
moment-là, me dit : « Janon, vous avez le
droit de refuser pour vous le bien-être que
madame la comtesse vous offre, mais vous
n'avez pas le droit de condamner à l'igno-
rance et à la misère un enfant qui ne vous
appartient pas, et dont madame la comtesse veut faire le bonheur. » Je n'oublierai jamais ces paroles-là ; je pleurai beaucoup, et mon nourrisson fut arraché de mes
bras... je ne le revis plus qu'en 1783, il

partait avec le comte Hector pour l'école de Brienne; il était grandi alors, mais pas trop... je le reconnus au premier abord; mais quand je le revis la seconde fois, je ne le reconnus plus du tout... c'était en 1815; il venait de se marier avec une demoiselle de Bordeaux, mademoiselle Sophie d'Albertas. Mon Dieu! qu'il avait grandi, bruni, vieilli, maigri?... et puis des moustaches... moi qui lui avais vu le menton si doux, si lisse, comme celui de Mathilde, quoi! Il cherchait une campagne pour y établir sa femme, dont la mauvaise santé demandait l'air des champs. Ils restèrent quelques temps chez moi, dans ma petite chaumière... et là, nous apprîmes une nouvelle qui nous étonna bien, allez... La famille de Barsac était ruinée et cherchait à vendre le Castel du Diable, pour passer en pays étranger. Personne, comme vous le pensez bien, ne voulait acheter un château *hanté*... et où la nuit les diables débâtissaient ce que le jour les hommes bâtissaient. Eh bien! monsieur le baron l'a-

cheta; il en donna un bon prix, et, pour
prouver au pays qu'il n'y avait pas de revenants, il vint s'y établir avec sa femme
et moi... mes enfants, car je m'étais tant
attachée à madame la baronne et à un
petit enfant qu'elle avait alors et qui est
mort, que je ne voulus plus la quitter...
Bonne sainte vierge ! tout ce qui se passait
la nuit dans ce château, les premiers
temps de notre arrivée... le peu de cheveux que j'ai sur la tête se dressent d'horreur à cette pensée !... Seulement l'aspect
de ce château, la manière dont il est
situé... venez... voyez.

Et comme pour donner plus de poids à
ces paroles, Janon se leva, alla contre une
grande fenêtre qui donnait sur un balcon
en saillie, l'ouvrit, et s'avançant un peu
elle dit aux enfants, à Lignac et à sa
femme :

— Voyez... il ne fait pas bien jour, mais
il fait encore assez clair pour distinguer
les objets... voyez... cette rivière en face
de nous, que vous apercevez, à travers la

grille du bord de l'eau... cette rivière n'a-
t-elle pas l'air bien terrible... dites?...
puis cette cour qui forme un carré parfait...
comme c'est triste!... puis, en suivant toujours la grille, à votre main droite, vous
trouvez la tour de l'ouest, avec son dôme
pointu, ses crevasses partout, et ses vitres
manquant à presque toutes les croisées...
Dieu! quand je pense à ce que la pauvre
Fanchonnette, la femme à Jean Blanc, vit
à travers la croisée de la galerie qui joint
cette tour de l'ouest à l'aile qui est à votre
main droite, la veille de l'arrivée des enfants mystérieux... Mais je vous le dirai plus
tard... C'était l'aile habitée par feue ma
chère maîtresse, que devant Dieu soit son
âme... Revenons au château... A gauche,
mes enfants, c'est l'aile que le diable a
toujours empêché de bâtir; je vous conterai ça tout à l'heure; puis encore une galerie abandonnée; il n'y a donc que la
tourelle de gauche, cette galerie où nous
sommes, et l'aile droite de feue la baronne
d'habitables.

— Encore tu ne veux jamais nous y mener, dans l'aile droite! fit observer Ernest.

— Le bon Dieu m'en préserve, mes enfants! j'aurais trop peur de m'y trouver en présence de l'âme de ma chère maîtresse... Bonne mère du bon Dieu!

Janon, se signant en prononçant ces mots, revint dans l'intérieur de l'appartement, suivie de tout son monde. Après que chacun eut repris sa place, elle continua :

— Donc, le premier soir de notre arrivée ici, je m'en souviens, c'était le 15 octobre, un mercredi... il n'arrive jamais rien de bon un mercredi... c'est sûr... encore un mauvais jour que le mercredi... il faisait un froid de loup... aucune des chambres n'avait été chauffée depuis longtemps, à ce qu'il paraissait, et l'humidité était extrême... M. le général fit allumer de grands feux dans toutes les pièces; puis on fit la distribution des appartements... Il prit avec madame la baronne l'aile droite, et nous donna l'aile gauche, celle-ci... qui touche à la tourelle du Diable... Nous y étions arrivés le matin ; au déjeûner, au dîner, au souper, c'est bien, et on se retire chacun chez soi... voilà le hic... La maison était autrement montée qu'aujourd'hui, mes enfants... Il y avait une cuisinière, Pétronille, je la vois encore, avec son grand nez pointu ; puis le domestique du baron, un petit gros, joufflu, nommé Jaquinet... puis son soldat Pontet... en tout quatre, qui couchions dans l'aile gauche. Ma chambre touchait à celle de Pétronille... Pontet et Jaquinet étaient au bout de la galerie. Voilà qu'à peine retirée dans ma chambre... j'entends.., *toc*... *toc*... « Pétronille, est-ce vous qui frappez? que je crie à la cuisinière. — Non, me répond celle-ci. — Est-ce que vous n'entendez rien ? que j'ajoutai. — J'entends *toc*... *toc*... me répondit cette fille, et je croyais que c'était vous qui cassiez du sucre... — Je ne casse rien, que je lui dis... Mais c'est bien singulier... »

A ces paroles de Janon, un frisson avait

parcouru tous les assistants, qui s'étaient tous rapprochés les uns des autres : les quatre enfants étaient pâles comme des morts... Tout aussi pâle qu'eux, et tout aussi impressionnée, la vieille femme, qui s'était arrêtée pour faire un nœud à son fil qui s'était cassé, ouvrit la bouche pour reprendre son récit.

— Un moment, Janon, lui dit Catherine, laissez mon homme allumer une chandelle... Votre conte me rend quasi toute froide...

— Moi je n'ai pas peur... mais ça me fait un drôle d'effet tout de même, dit Lignac en prenant sur la cheminée un flambeau de cuivre garni d'une chandelle, et allumant cette chandelle à la flamme du foyer...

— Moi, j'aime mieux qu'on y voie, dit Mathilde le gosier serré...

— Et moi aussi... dirent les trois autres enfants à la fois.

2

CHAPITRE III

Ou si l'on ne voit pas encore le Diable on l'entend

— Y sommes-nous ? dit Janon promenant un regard sur tous les visages qui l'entouraient.

Personne n'ayant répondu, elle reprit :

— Nous restâmes un moment sans parler, Pétronille et moi, et le même *toc, toc,* se renouvelant plus fort et plus clair que la première fois, je lui dis : « Il faudrait appeler Pontet ou Jaquinet. — Ça va, » me dit-elle. Nous appelâmes Pontet et Jaquinet; ils n'étaient pas encore déshabillés; ils vinrent. Nous leur contâmes de quoi il était question... Ils écoutèrent, et commenous ils entendirent : *toc, toc.* « C'est singulier, dit Pontet, qui était un soldat et qui par conséquent n'avait pas peur. — C'est singulier, dit aussi Jaquinet, qui n'avait pas l'air d'avoir peur non plus.

— Qu'est-ce que ça peut être? » que je leur demandai... Après un moment de silence Pontet dit : « C'est la marée montante et la rivière, qui bat les pierres de la tourelle. — Si c'était la rivière, je lui dis, et que ce fût ce que vous dites, ça ferait *floc, floc,* un bruit gras. Je m'y connais, peut être; je suis né et j'ai vécu à ce bruit-là... mais non pas *toc, toc,* un bruit sec. C'est la première fois de ma vie que j'entends celui-ci. — Ça doit être la rivière, » répéta Pontet; mais je vis bien le signe qu'il fit à Jaquinet, et qui voulait dire : « Il faut les tromper, ces pauvres femmes. » Heureusement que Pétronille ni moi n'étions faciles à tromper, ce qui fit que nous passâmes la nuit dans les plus

belles transes. qu'il soit possible d'avoir.
Le lendemain, nous en parlâmes au général, nous en parlâmes à tout le pays, et
si bien, et tant, et d'une manière si
effrayante, que pas un homme de Lormond
ni de la côte n'eût voulu passer la nuit au
château.

— Que dit mon père?... interrompit
Ernest voyant Janon s'écarter de son
sujet.

— Ton père se mit à rire; il nous appela
vieilles folles, Pétronille et moi; il voulut
nous persuader que nous avions rêvé...
Cependant, et à preuve qu'il ne nous
croyait pas si folles qu'il voulait bien nous
le faire croire, c'est qu'il nous ordonna de
l'envoyer éveiller si le bruit se renouve-
lait.

— Le bruit se renouvela-t-il? demanda
Mathilde, son visage charmant tout con-
tracté par la peur.

— Il n'eut garde d'y manquer, ma petite;
au coup de onze heures, je venais d'étein-
dre ma lumière... crac,... le *toc, toc,* recom-

mence, et cette fois il s'y joignit un bruit
infernal... C'était comme une roue en fer
qui tournait en traînant des chaînes après
elle; puis de temps en temps la roue s'ar-
rêtait, et alors, *toc*, *toc*, un petit son argen-
tin qui me fit recommander mon âme à
Dieu... « C'est ma dernière nuit, me
disais-je, je ne verrai pas le soleil de demain... » Enfin, je suis sûre que si on
m'eût saignée à ce moment-là, on ne m'aurait pas tiré une goutte de sang... Je
n'osais ni bouger, ni appeler, ni respirer...
Tout-à-coup on frappe un grand coup à ma
porte... « C'est le grand diable d'enfer,
qui vient pour m'enlever! » Et je me
cramponnais au drap de mon lit, et je faisais des signes de croix, fallait voir...
Enfin, je ne sais pas ce qui serait arrivé, si
je n'eusse reconnu la voix de M. le baron.
« Eh bien! Janon, me disait-il à travers le
trou de la serrure... et le bruit? » Je me
levai, et j'allai ouvrir; j'étais tout habillée,
car j'avais oublié de vous dire que, télle-
ment sûre du bruit, je ne m'étais pas dés-

habillée pour me trouver plus tôt prête à
fuir... J'ouvre donc, il paraît que j'étais
bien pâle, car le général en eut pitié...
« Pauvre femme ! » me dit-il ; mais je l'in-
terrompis aussitôt en lui disant : « Ecoutez,
Monsieur... Il écouta... Le bruit était horrible ; pas précisément éclatant... au contraire, sourd, souterrain, profond, infernal. On voyait bien qu'il venait de dessous terre, de l'enfer, enfin... « Ah ! Monsieur, dis-je au général... les malheureu-
ses âmes du purgatoire traînent leur chaîne ;
si on savait leurs noms, on ferait dire des
messes pour elles... Mais Monsieur me fit
taire à son tour, — non pour se moquer de
moi, le pauvre cher homme... son visage
était sérieux... sévère même ; il ne voulait pas avouer qu'il avait peur... parce
qu'un général de l'armée de la guerre,
voyez-vous... ça n'est pas comme une
vieille femme, ça a son honneur à con-
server... mais je voyais bien qu'il n'était
pas trop rassuré tout de même... Il écouta,
puis il nous dit : Demain, Janon et Pétro-

nille, vous vous arrangerez pour coucher
dans l'aile de la baronne ; d'abord vous
serez plus à portée de votre maîtresse si
elle a besoin de vous... quant au bruit, je
sais ce que c'est, c'est la marée montante
qui bat le pied de la tourelle. » Et il dit ça
d'un ton qu'il n'y avait pas à dire non ;
puis il se retira d'un air soucieux. Encore
une nuit blanche pour Pétronille et pour
moi, mais nous nous consolions en pensant
que, le lendemain, nous dormirions. Le
lendemain, le général fait venir des ouvriers de Bordeaux, on commence à dé-
blayer les pierres. L'idée de M. le baron
était de faire des fouilles à cet endroit-là ;
il ne s'en cacha pas, il le dit au maire, il
le dit au curé, le curé le dit au prône le
dimanche suivant ; il annonça que tous
ceux qui voudraient y travailler seraient
bien payés, et de plus, pourraient s'assu-
rer par leurs yeux qu'il n'y avait aucune
diablerie là-dessous... Mais il eut beau
faire toutes les promesses du monde, il ne
vint pas un paysan des environs ; cela se

reduisit aux ouvriers de Bordeaux, qui se
mirent à l'ouvrage et commencèrent à dé-
blayer le pied de la tourelle... Le lendemain matin, quand ils revinrent... ah!
oui, ma foi, c'était bien une autre affaire;
dans la nuit toutes les pierres étaient revenues à leur place, toutes sans exception,
les plus grosses comme les plus petites,
celles qu'on avait mises le plus loin comme
les plus rapprochées... elles étaient revenues d'elles-mêmes; je sue encore d'y penser... enfin... c'était à déserter le pays. Les
ouvriers de Bordeaux, sans être décou-
ragés pour ça, se remettent à l'ouvrage, ils
déblayent les pierres... La nuit arrive,
chacun retourne chez soi... M. le général
voulait veiller, mais Madame l'en empê-
che... Bref, le jour revient, les pierres
avaient encore repris leur première place.
« Pour le coup, c'est trop fort! se met à
dire le baron, je ferai veiller cette nuit un
des régiments qui sont sous mes ordres à
Bordeaux, et si les diables viennent toucher à l'ouvrage fait... nous en délogerons

quelques-uns... de ces diables... Pour lors,
le petit Henri vint à tomber malade... Ma
foi... on oublia les pierres... les revenants... les diables, et on ne pensa plus
qu'à l'enfant... Il mourut, ce pauvre cher
ange... et la douleur de sa perte... empêcha de songer à remettre sur pied la maudite tourelle... Pas moins, le bruit de cette
aventure circula tellement dans le pays...
qu'avant, si on n'y passait pas la nuit, on
y passait le jour... mais à cette époque, on
ne voulait pas y passer en plein midi...
« Il faut que cela finisse! » dit le baron, et
il écrivit à Bordeaux pour qu'on lui en-
voyât un, deux ou trois, je ne sais plus
combien de régiments ; enfin, ils étaient
vingt hommes et un caporal qui vinrent ;
mais une heure après, sans dire quoi ni
qu'est-ce, il renvoie les régiments à Bordeaux... Il n'y eut que Pontet, madame la
baronne et moi qui avions su pourquoi...
Voici. Le matin même, un inconnu, qu'on
ne connaissait pas, qu'on n'avait jamais
vu dans le pays, ou, pour mieux dire, le

diable en personne, comme j'ouvrais la
porte du vestibule, me remit une lettre
pour le général, et s'échappa si vite, que
si j'osais, je parierais bien qu'il s'enfonça
sous terre.

— Tu as vu le diable, ma bonne?...
interrompirent les enfants en se reculant.

— Comme je vous vois, mes enfants,
dit Janon d'un ton solennel et sombre.

— Et est-il bien laid? demandèrent-ils
encore...

— Non... pas trop... des cheveux blonds,
la peau blanche, et, à présent que je me
rappelle ses traits, je pourrais même dire
qu'il était très-joli garçon... mais ce per-
sonnage, m'a-t-on assuré, peut prendre
toutes les figures qu'il veut; donc la figure
n'y fait rien...

— Ça sentait-il le soufre.... demanda
Lignac.

— Beaucoup, Lignac, énormément, que
même je me rappelle que Pétronille me
soutint que c'était un paquet d'allumettes

qu'elle avait par mégarde laissé tomber au feu, qui sentait ainsi.

— Et la lettre ne vous brûla-t-elle pas la main?... demanda Catherine à son tour.

— Ça ou le paquet d'allumettes que je voulus retirer du feu ; mais il est de fait que j'eus la main brûlée, dit Janon.

— C'était la lettre, sans nul doute, dit Lignac... Je me suis laissé dire que tout ce que le diable touchait brûlait.

— C'était aussi mon opinion, Lignac... mais madame la baronne m'a tellement soutenu que c'étaient les allumettes... que, voyez ma simplicité, Lignac ! j'avais fini par le croire... Enfin, ce n'est pas là la question... Savez-vous ce que chantait cette lettre?... Non... écoutez... elle était adressée au général, et elle le tutoyait. Il fallait être le diable pour oser tutoyer un général de l'armée de la guerre... elle disait :

« Si tu as autant d'honneur que de courage et de courage que d'honneur, trouve-

toi à minuit dans la chambre ci-devant
occupée par la vieille Janon (il savait mon
nom, autre preuve que c'était un diable);
là tu connaîtras le mystère de la tourelle;
viens seul... armé ou non, comme tu vou-
dras... mais *seul*, je te le répète, autrement tu ne sauras rien.

— Et mon père y alla? dit Mathilde.

— Cette bêtise! dit Ernest, il dut y
aller, c'est sûr...

— Voyez-vous ce petit démon, dit Janon...
oh! qu'il sera bien le fils de son père,
celui-là, il n'a peur de rien... Oui, ma
fille, ajouta la vieille bonne en s'adressant
à Mathilde, malgré nos larmes, les prières
de ta mère et les instances de Pontet pour
l'accompagner... A minuit, il prit ses ar-
mes, ses pistolets, une bougie allumée, et
alla tout seul se renfermer dans la chambre du *toc, toc*, comme je l'appelais alors.

— Ah! mon Dieu, et on ne l'a plus
revu? s'écria Mathilde comme malgré
elle.

— Petite sotte! lui dit son frère... puisque, Dieu merci, il existe encore.

— C'est vrai, dit Mathilde riant d'un rire gêné; c'est vrai, je n'y pensais pas. Achève, ma bonne.

— Voilà Juliette qui dort sur mes genoux, répondit Janon, Auguste qui se tire les yeux tant qu'il peut pour les tenir ouverts, Catherine qui a besoin d'aller donner à souper à son mioche et à son homme. Le reste sera pour demain, mes enfants.

CHAPITRE IV

Plus noir que Diable.

Ce jour-là l'impatience des enfants était telle, qu'il était encore grand jour lorsque, réunis avec Lignac et sa femme, ils supplièrent Janon de continuer son histoire.

— Personne ne s'était couché au castel, dit Janon; comme vous pouvez bien le croire, Madame était dans une inquiétude extrême. Pontet et Jaquinet, tous deux bien armés, faisant le guet dans la cour, au-dessous des croisées de la chambre où le général était, bien décidés tous les deux

à enfreindre ses ordres au moindre cri...
Mais tout se passa fort tranquillement... Il
était petit matin quand Monsieur reparut...
Il gronda madame la baronne de ne pas
s'être couchée, il la força à se mettre au
lit, puis il me renvoya, ne pouvant, disait-
il, raconter qu'à Madame ce qui s'était
passé...

— Comme ça, vous n'en avez rien su,
ma pauvre Janon ? dit Catherine.

— Dame, que voulez-vous, Catherine,
la curiosité est une triste maladie, je m'en
suis bien confessée à M. le curé... Du reste,
j'en fus bien assez punie par ce que j'entendis, car, ma pauvre fille, je fis ce que
je n'avais jamais fait, j'écoutai aux portes.
Voilà ce que Monsieur dit à Madame...

Ici Janon prit sa voix encore plus gut-
turale.

« Il n'y avait pas cinq minutes que j'é-
tais dans la chambre lorsqu'on fit *toc, toc*
au-dessous de moi. — Qui est là ? dis-je.
— Etes-vous seul ? me répondit-on. —
Assurez-vous en, répondis-je. — Comptez

trois feuilles du parquet en partant de la croisée, placez-vous sur la troisième, et ne craignez rien, me dit-on. — Je suis armé, répondis-je en faisant ce qu'on me disait. A peine fus-je placé, ajouta le baron, que je sentis la feuille du parquet ployer sous moi, puis s'enfoncer, s'enfoncer, s'enfoncer ; j'arrivai ainsi aux entrailles de la terre. Quand ma voiture nocturne s'arrêta, je me trouvai au milieu d'une vingtaine d'hommes à peu près. (Il était bien poli d'appeler ça des hommes, mon pauvre maître, il aurait pu tout aussi bien dire des diables... mais il ne voulait pas épouvanter Madame ; je compris ça.) Non loin de ces hommes (c'était toujours le général qui parlait), était une machine dont les rouages, mis en mouvement par l'un d'eux, formaient le bruit étrange qui, le premier soir de notre arrivée ici, a tant effrayé Janon et Pétronille ; un de ces hommes, le chef sans doute (il voulait dire Satan), vint à moi, et, souriant des précautions que j'avais prises, me dit : — Nous ne sommes ni des

assassins ni des malfaiteurs, mais de pauvres diables (notez bien, mes enfants,
qu'ils avouaient être des diables), dit ce
ce chef, qui, pour nourrir nos familles, fai-
sons ici une chose défendue par les lois :
nous fabriquons du tabac (ils appelaient
leur commerce infernal du tabac... bien
honnêtes, en vérité); vous êtes le maître
de notre secret, vous pouvez nous dénon-
cer et nous conduire tous à l'échafaud (le
beau malheur, quand on couperait le cou
au diable et à sa suite, n'est-ce pas Catherine ?) ce qui serait immanquablement
arrivé, si nous eussions laissé creuser les
fondations de votre quatrième tourelle.
Nous vous demandons huit jours pour dé-
loger et transporter ailleurs notre attirail
et notre industrie. — Puis, comme je ré-
fléchissais à ce que je voyais, ajouta le général, ces hommes crurent que j'hésitais;
et reprirent : — Quelle que soit votre réponse, nous vous l'avons promis, vous sor-
tirez d'ici sain et sauf... mais si demain,
et nous avons des espions partout, si demain

le moindre mot lâché indifféremment tra-
hissait le secret de notre demeure, nous
mettrions le feu au château, songez-y...

— Puisque ces pauvres diables (c'était
toujours le général qui parlait, et vous
voyez que lui-même les reconnaissait pour
des diables), puisque ces pauvres diables
voulaient bien se retirer d'eux-mêmes,
dit-il, mon intention n'était pas de leur
faire de la peine... je leur dis... ils m'ap-
prirent alors qu'ils étaient là depuis très-
longtemps, la famille de Barsac n'habitant
presque pas cette propriété; puis ils me
demandèrent encore le secret, que je promis, en t'exceptant toutefois, ma bonne
amie (c'était toujours le baron qui parlait
à la baronne). » A ce moment, je ne sais
pas comment ça se fit, ma pauvre Catherine, mais une envie d'éternuer me prit
tellement, que je ne pus me retenir, j'éter-
nuai, et M. le baron, qui me découvrit
alors derrière la porte, prit une figure
comme jamais je ne lui en avais vu.
« Crois-tu en Dieu, Janon? me dit-il. —

Et au diable aussi répondis-je. — Eh bien !
songe que si, d'ici à un an, tu dis un mot
de ce que tu viens d'entendre là, le diable
te tordra le cou. — Ne lui parlez donc pas
du diable à cette pauvre *Nanon*, » dit la
baronne. C'était un petit nom d'amitié
qu'elle me donnait toujours, la pauvre
chère femme. « Je sais ce que je fais, dit le
général. — Et moi ce que j'ai à faire, »
répondis-je plus morte que vive. Depuis,
Madame, la chère femme, a fait tout ce
qu'elle a pu pour me prouver que c'étaient
effectivement des gens qui faisaient du
tabac... Mais à d'autres,.. on n'en fait pas
accroire à la vieille Janon... et la preuve...
depuis 1815 que cette chose est arrivée et
que ces soi-disant hommes sont partis,
M. le baron n'en a pas moins laissé le pa-
villon en ruines. Il est vrai qu'il est parti,
revenu, reparti, revenu, qu'il n'a guère eu
le temps de faire bâtir... mais enfin, il
n'en est pas moins vrai qu'il n'a pas fait
bâtir... Du reste, si le diable n'a plus fait
de bruit, il ne nous en a pas moins joué

plusieurs tours, l'histoire épouvantable de la queue du chat... l'histoire mystérieuse de l'arrivée mystérieuse des enfants mystérieux au château.

— Oh! contes-nous donc comment on nous a trouvés! dit Juliette.

— Sous une feuille de chou, dans le jardin, m'a dit le général, riposta Auguste.

— Ecoutez, dit solennellement Janon.

CHAPITRE V

Les enfants mystérieux.

— C'est que j'en sais des histoires, dit
Janon, faisant tourner son fuseau et regardant de temps à autre à travers les vitres
le jour qui baissait sensiblement ; dame !
quand on a vécu près de quatre-vingts
ans, on en a vu... Vous ai-je jamais raconté
l'histoire des orphelins de la vallée d'Ar-
gelès, ou les mystères du château de
Pierre-Fite, ce château qui appartient à
Madame, qui venait ici du vivant de
Madame ?... Je veux vous conter ça.

— Oh ! d'abord notre histoire, Nanon,
dirent à la fois Juliette et son frère.

— C'est juste, dit Janon, écoutez donc...
Il y a cinq ans... oui, cinq ans, en 1826...
vous n'étiez pas encore au Castel du Diable, puisque vous n'y êtes entrés qu'en
1828... C'était la veille de la Noël, madame
la baronne vivait encore, puisqu'elle n'est
morte que l'année dernière, au jour des
Rois... deux époques bien désastreuses...
en vérité.

— Celle de la mort de ma pauvre mère?
oui, dit Mathilde avec un attendrissement
douloureux... mais le jour qui nous a
donné, à Ernest et à moi, un joli petit
frère et une jolie petite sœur, n'est pas un
jour si mauvais, nourrice.

— D'abord ce n'était pas un jour, c'était
une nuit, dit solennellement la vieille
paysanne, et ce n'est pas parce qu'il nous
est venu ces deux amours d'enfants que
j'appelle cette époque désastreuse... mais
ce fut la première fois que madame la
baronne tomba malade sérieusement. Elle
ne s'en est jamais bien relevée... Ma chère
maîtresse, je la vois encore, couchée dans

la chambre jaune, derrière la chambre de
Monsieur... chambre sur laquelle il y aurait
bien à dire si je voulais parler, non à cause
de sa boiserie peinte en jaune, ni de ses
grands rideaux de damas jaune, ni de ses
fauteuils de la même couleur, ni non plus
de son oratoire tout bleu, dont l'entrée, la
seule entrée, se trouve au pied du lit...
mais... suffit... je ne dois pas vous effrayer :
M. le curé se fâcherait encore contre moi...
et puis vous n'avez pas besoin de savoir
cela... Je reviens à l'histoire des enfants
mystérieux. C'était donc la veille de la
Noël, comme je vous le disais ; un jeudi...
encore un mauvais jour que le jeudi... il
peut se flatter celui-là !... Donc, Madame
n'était pas encore malade, mais elle ne se
sentait pas bien portante ; il faisait, ce
jour-là, un temps affreux, un vent que
tous les volets dansaient sur leurs gonds,
une pluie battante, un temps enfin à ne
pas mettre un chien dehors, comme on
dit. Madame n'avait pas bougé de sa chambre ; M. le baron était allé à Bordeaux

pour affaires et ne devait revenir que le lendemain... Le matin de ce jour, comme j'apportais le déjeuner à Madame, voilà qu'elle me dit : « Ma chère Nannon, car elle m'appelait toujours ainsi, la chère dame !... elle était si bonne, si douce et si belle ! Mathilde lui ressemblera, mais elle n'a pas encore la voix aussi douce que celle de sa mère ; ma chère Nannon, me dit-elle, tu auras, sans le vouloir, enfermé la chatte dans mon oratoire ; toute cette nuit j'ai entendu remuer de ce côté. Vous savez bien Minette, mes enfants ? C'est là encore une fameuse histoire que celle qui lui est arrivée à la queue... et dire que le général ne veut pas croire qu'il y ait des sorciers !... Je vais vous dire l'histoire épouvantable de la queue de Minette.

— De grâce, Janon, l'histoire de ma pauvre mère, dit Ernest.

— Il fait bien sombre, dit Janon, je vais chercher de la lumière, d'abord nous y verrons plus clair, puis ça nous rassurera un peu.

— Moi, je vais avec vous, mais je ne reviendrai pas, dit Catherine : mon petit dort, et j'ai peur qu'il ne crie s'il se réveille et qu'il ne me trouve pas là.

— Attends, je vais avec toi, dit Lignac ; je sais aussi l'histoire, moi.

Janon ne fit qu'aller et venir ; elle revint seule et portait une chandelle allumée dans un bougeoir, qu'elle posa sur le guéridon, à côté d'elle ; puis, reprenant sa quenouille et son fuseau, elle continua :

« Pauvre Minette ! » que je répondis, et j'allai dans l'oratoire, j'appelai Minette, Minette, je cherchai partout, mais pas plus de Minette que dans mon œil. « Ce sera quelque rat, dis-je à ma maîtresse en revenant ; l'oratoire de Madame touche aux appartements abandonnés, et il n'y aurait rien d'extraordinaire qu'il eût des rats. — C'est possible, » me dit ma bonne maîtresse ; et de toute la journée il ne fut plus question de cela... Le soir, après que les enfants furent couchés, Madame me fit appeler. « Est-ce que le général n'est pas

3

encore revenu de Bordeaux ? lui dis-je en
entrant. — Non, me dit-elle, pourquoi
cette question ? — En êtes-vous bien certaine, Madame ? » m'écriai-je. Et comme il
paraît que je devins fort pâle, Madame
répliqua : « J'en suis certaine, il ne doit
revenir que demain matin; mais encore
une fois, pourquoi cette question ? » Ne
voulant pas effrayer Madame, dont les
nerfs étaient très-sensibles, je lui répondis : « C'est cette sotte de Pétronille qui,
en allant cueillir du cresson contre la haie,
près de la tour de l'ouest, prétend qu'elle
a aperçu une figure à travers les vitres de
cette tour... et comme il n'y a qu'un général de l'armée de la guerre assez coura-
geux pour aller dans cette tour, même en
plein jour, j'ai cru que le général était
arrivé. — Non, me dit Madame, mais sû-
rement Pétronille se sera trompée, et,
comme tu le dis fort sagement, Nannon,
personne, puisque mon mari n'est pas ici,
ne peut aller dans cet endroit. — Pétronille soutient pourtant que si, répliquai-je;

elle a même dépeint la figure, une robe
noire et des cheveux blonds. » Madame se
mit à rire. « Et c'est la robe noire et les cheveux blonds qui lui ont fait supposer que
c'était le général? me dit-elle; mon mari,
qui est brun, et qui, lorsqu'il est ici, porte
toujours une robe de chambre en laine
blanche. — Ce n'est pas elle qui a supposé
cela, c'est moi, Madame, dis-je, bien au
contraire, car Pétronille soutenait que c'é-
tait une femme, même une très-jeune
femme. — Une femme en noir et en cheveux blonds n'est pas bien effrayante, me
dit la baronne. — Oh ! c'est que ce n'est pas
tout, Madame, répliquai-je alors, voyant
que ma maîtresse n'avait pas peur, Jean
Blanc soutient aussi que ce matin il y avait
des pas empreints sur la boue dans l'allée
des peupliers, qui conduit à cette tour...
des pas faits par une personne qui doit avoir
le pied aussi petit que le pied de Madame.
— Ce dernier argument ne me paraît pas
plus effrayant que le commencement, me
dit la baronne : les petits pieds ne m'in-

quiètent pas plus que la robe noire et les
cheveux blonds... mais je suis horriblement
fatiguée, et voudrais me coucher. Je lui demandai si elle voulait sa femme de chambre
pour la déshabiller; elle me répondit que
non, et que je lui rendrais bien ce petit ser-
vice... Je ne vous passe aucun détail, comme
vous le voyez, mes enfants, ajouta la nourrice
en remarquant l'attention silencieuse et
pleine de terreur avec laquelle les enfants
l'écoutaient; car voyez-vous, je vivrais cent
ans, que je n'oublierai jamais cette horrible
journée... Me voilà donc déshabillant ma
maîtresse; comme je la délaçais, tout en cau-
sant, tout-à-coup elle dit: «Chut! écoute...»
et je la vois incliner la tête vers l'alcôve, auprès de laquelle, je vous l'ai dit, était situé
l'oratoire. « Est-ce que vous entendez quelque chose? dis-je effrayée. —C'est singulier,
dit Madame, le même bruit que cette nuit. —
Madame, lui dis-je aussitôt en portant la main
au cordon de la sonnette, il faut appeler vos
gens et faire une battue générale, comme dit
le garde champêtre, dans vos appartements.

—Tu es folle, Nannon, me dit-elle en arrêtant
mon bras, que veux-tu qui soit caché dans
mon oratoire? On ne peut y entrer que par ma
chambre, et je n'ai pas quitté ma chambre
d'aujourd'hui. —N'importe, Madame, il faut
appeler, lui dis-je. Tout cela n'est pas naturel. » Et, comme j'entendis ouvrir la porte de
la chambre du général et que je me doutais
que ce ne pouvait être que Pontet, je criai :
« Pontet, Pontet! » Il vint. « C'est cette peu-
reuse qui veut qu'il y ait quelqu'un de caché
dans mon oratoire, lui dit la baronne. —N'importe, madame la baronne, répondit Pontet,
la vue n'en coûte rien. » Et il s'avança vers la
portière en damas jaune qui cachait l'entrée
de cette pièce. Ne tremble donc pas ainsi, Juliette, dit Janon à la petite Juliette, qui pâlis-
sait à vue d'œil. J'avais bien plus peur que toi,
va, dans ce moment-là. Madame prit un flambeau, j'en pris un autre, et nous suivîmes
Pontet, qui souleva hardiment cette draperie... Le fuseau ayant échappé des mains de
Janon, elle se baissa pour le ramasser et
interrompit un moment son récit.

CHAPITRE VI

L'oratoire de feue la baronne.

Comme aucun des enfants n'osait seulement respirer, de peur de perdre une syllabe du récit de la nourrice, après avoir relevé son fuseau et recommencé à le faire tourner, elle reprit :

— Vous vous rappelez bien, mes enfants, l'oratoire de la baronne, cette petite rotonde sans porte ni fenêtre, et éclairée par une lucarne placée au plafond, la boiserie peinte en bleu, à panneaux, et, sur chaque panneau, des peintures représentant des saints et des saintes, puis, pour tout meuble, un petit autel en marbre, un grand christ aussi en marbre et une madone en bois dans une niche, puis un prie-Dieu et un tabouret. Voilà tout !

l'inspection fut vite faite : pas une draperie derrière laquelle on pût se cacher, pas
une porte autre que l'ouverture pratiquée
dans l'alcôve de Madame, et qui était dis-
simulée par un pan de tapisserie à person-
nages; donc, il était bien assuré que personne ne s'y trouvait et que personne ne
pouvait y venir... Eh bien! mes enfants,
vous allez voir ce qui arriva la nuit même
de cette visite. Nous voilà revenues bien
tranquilles, Madame et moi; Pontet se retire, et j'achève de déshabiller ma maîtresse, qui se met au lit... Je prends mon
fuseau, ma quenouille, et je m'établis à son
chevet, et nous voilà, elle dormant, et moi
filant... Je vous l'ai dit, le temps était
épouvantable, la pluie tombait à torrents,
et faisait un bruit infernal sur le balcon en
pierre de la fenêtre de la chambre... De
temps en temps, je me levais... je ranimais
le feu, j'y mettais du bois... je renouvelais
la bougie de mon flambeau en en prenant
une au candélabre de la cheminée, et cela
alla assez bien jusqu'au milieu de la nuit...

Madame dormait toujours, moi je filais toujours... lorsque... Juliette, veux-tu bien ne pas ouvrir de grands yeux comme ça, dit la nourrice en s'interrompant, en secouant la petite qui paraissait pâmée.

— Oh! Janon, n'achève pas... balbutia la petite, n'achève pas... ça me fait peur.

— Eh! non, petite sotte, reprit la nourrice, rassure-toi, ce ne sera rien ; écoute, et tu vas voir.

— C'est qu'il fait nuit, reprit Juliette en se retenant de pleurer, et qu'au clair de la lune, je vois d'ici le balcon de la chambre de la baronne.

— Est-ce qu'il y a quelqu'un? cria Janon.

Au cri de Janon, tous les enfants crièrent en se cachant le visage dans leurs mains.

— Eh bien! mais... je ne vois personne... dit Ernest, qui, le premier, hasarda un œil.

— En es-tu sûr? demanda Janon, la tête sur le cou de Juliette, qui, ne sachant ce que cela voulait dire, s'était mise à pleurer.

— Regarde plutôt, répondit celui-ci.

— C'est cette petite Juliette qui m'a fait peur, dit Janon cachant la honte de sa frayeur en grondant la petite.

— C'est toi qui as crié la première, Janon, dit Juliette.

— Parce que tu as dit que tu voyais quelqu'un sur le balcon de la pauvre baronne.

— Ça n'est pas vrai, dit Juliette, j'ai dit seulement que je voyais le balcon.

— Allons... dit Mathilde riant de son mouvement de frayeur, achève ton histoire, Janon.

— Si nous demandions une chandelle, fit observer Ernest, celle-ci finira bientôt.

— C'est ça ; va dire à Lignac qu'il en apporte une autre, dit Mathilde.

— Vas-y toi-même, dit Ernest.

— Est-ce que tu as peur de traverser la galerie et de descendre l'escalier? répliqua Mathilde.

— Un homme qui a peur! dit Juliette, se moquant d'Ernest.

— Je n'ai pas peur, mais je ne veux pas aller tout seul à l'office.

— Et pourquoi? lui demanda Auguste.

— Parce que je me connais, dit bravement Ernest, et que, si je n'ai pas peur ici, j'aurai peur sur l'escalier... mais que Mathilde, qui fait la courageuse, y aille.

— Moi, je ne veux pas me déranger, dit Mathilde. Du reste, cette chandelle éclaire assez; pour entendre les paroles de Janon, on n'est pas obligé de les voir.

— Oui, oui, elle éclaire assez, dit Janon, qui prévoyait que, si aucun des enfants n'osait aller chercher d'autre lumière, elle serait obligée d'y aller.

Au reste, je pense que vous connaissez assez Janon, mes chers lecteurs, pour savoir que le courage n'était pas sa vertu dominante, et que, pas plus que moi, vous n'êtes la dupe de son faux-fuyant. Cela dit, elle continua :

— Donc, Madame dormait toujours, et

moi je filais toujours, lorsque tout-à-coup il me sembla entendre un bruit qui n'était ni de la pluie ni du vent... Ce bruit venait du côté de l'oratoire. J'écoute... c'était comme une clef qu'on aurait introduite dans une serrure... C'est singulier, me dis-je, il n'y a pas de portes ; cette réflexion me rassura... je regardais Madame, qui dormait toujours. Je me remis à filer, et puis, j'ignore comment ça se fit, mais je m'endormis... Je ne sais combien de temps je dormis. La voix de Madame me réveilla, il commençait à faire jour. « Janon, me dit-elle, j'entends pleurer Mathilde ; va donc voir ce qu'elle a... » Je me levai, et, aussitôt je dis : Ce n'est pas Mathilde qui pleure. — Qui donc ? demanda Madame ; c'est cependant une voix d'enfant. — Mais d'enfant nouveau-né, Madame ; je m'y connais, repris-je ; les cris viennent de votre oratoire : il y a un enfant dans l'o-ratoire de Madame. » Madame se met à rire, mais les cris redoublent. Alors Madame ne rit plus ; elle écoute aussi, elle devient sérieuse. « C'est vrai, » dit-elle, et avant que j'aie pu prévoir son idée, Madame avait sauté en bas de son lit ; elle avait soulevé la draperie de l'oratoire, et elle s'écriait : « Un berceau, Janon, un berceau ! » Elle s'élança vers le berceau ; je la suivis, et nous vîmes ces deux amours de jumeaux, Auguste et Juliette, qui, à cette époque, venaient de naître, c'est-à-dire qu'ils pouvaient avoir un mois. Le premier moment fut consacré aux soins qu'exigeaient ces deux pauvres petites créatures, le second fut pour la peur... « Qui a porté ces enfants là ? par où est-on entré ?... Ça pourrait être aussi bien des voleurs qui viendraient assassiner Madame... » Enfin des commentaires à n'en plus finir. « Il n'est pas dit que ces enfants soient venus par l'oratoire, me fit observer Madame ; on sera entré, et on aura traversé ma chambre pendant mon sommeil et le tien. — C'est bien facile à savoir, dis-je ; j'ai mis les verrous à toutes les portes de votre chambre, nous allons voir s'ils y sont en-

core. Je vais vérifier le fait... Pas un ver-
rou n'est ôté. On n'a pu entrer dans l'oratoire que par l'oratoire même ; mais pas
de portes, pas d'issues! » Et me voilà
explorant chaque panneau, essayant de les
faire jouer... Bast! tous étaient solidement
assujétis. « Il n'y a pas de doute, dis-je à
Madame; comme il n'y a que les revenants
qui passent par le trou des serrures et à
travers les pierres et les boiseries, ce ne
peut être qu'un revenant, qu'un ancien
propriétaire de ces domaines, un émigré
mort en émigration, qui aura porté ces enfants là!... » Madame haussa les épaules;
car les domestiques ont beau dire, beau
donner les meilleures preuves possibles, les
maîtres ne veulent jamais croire aux revenants; ils sont là-dessus d'un entêtement
qui n'a pas de nom. Pendant que je faisais
mes recherches et mes commentaires,
M. le général arriva. On lui raconta tout ;
mais c'est un homme si extraordinaire que
mon nourrisson! il ne fronça seulement
pas le sourcil, il n'eut l'air de rien; il

m'ordonna seulement d'emporter les en-
enfants, et resta seul longtemps avec
Madame... Puis le lendemain, à l'heure de
la messe, et quand tous les domestiques du
château furent rassemblés, il nous dit que
ces enfants étaient ceux d'un ami mort;
qu'il se chargeait d'eux, non point comme
protecteur, mais comme tuteur; que, du
reste, leur venue n'avait rien de surnaturel; que c'était lui qui les avait apportés de
Bordeaux et les avait mis dans l'oratoire
de la baronne, pour lui causer une surprise
à son réveil. « Par où avez-vous donc
passé? ne pus-je m'empêcher de lui dire.

— A coup sûr, ce n'est point par la
fenêtre, » me répondit-il, et je ne pus
jamais tirer d'autre réponse de lui.

— Mais c'est peut-être vrai, Nannon, dit
Juliette; le général a peut-être connu mon
papa, puisqu'il le dit.

— Je sais ce que je dis, petite : vous
êtes, vous et votre frère, les *enfants du
mystère*. Personne ne me sortira cela de la
tête; et, si je vous aime tant, si je vous

soigne et ne vous perds pas de vue un instant, que les enfants du général en sont
jaloux, c'est que je parie qu'un beau jour
vous disparaîtrez comme vous êtes venus,
sans savoir ni comment ni pourquoi.

— Et où irons-nous ? demandèrent à la
fois Auguste et Juliette.

— Est-ce que je sais! répondit la nourrice ; et la seule grâce que je demande au
bon Dieu, c'est de ne pas être témoin d'une
pareille aventure... surtout de ne pas voir
le fantôme épouvantable.

Un cri perçant, poussé par toutes les
voix comme par une seule, interrompit
Janon, qui se mit aussi à crier sans savoir
pourquoi.

CHAPITRE VII

L'histoire épouvantable de la queue du chat.

— Eh bien, quoi! c'est moi qui vous apporte du vin doux et des châtaignes bouillies pour votre souper, dit Catherine.

— Ça vaudra mieux que les contes de ma bonne, dit Ernest.

— Oui, nous avons assez de contes pour aujourd'hui, répliqua Juliette.

Et le vin doux et les marrons ayant fait taire la curiosité des autres enfants, on ne pensa qu'à boire, qu'à manger, puis on fut se coucher. Mais le lendemain, après le dîner, qui se faisait comme chez les paysans, à midi, les enfants recommencèrent à tourmenter leur bonne pour savoir l'histoire épouvantable de la queue du chat.

— Quand Lignac sera arrivé, dit Janon..

— Il va venir avec du bois, répliqua
Catherine; commencez toujours sans lui.

Janon commença ainsi :

C'était un soir d'hiver... du même hiver
où Madame tomba malade et dans lequel
les enfants furent trouvés dans l'oratoire,
quelque temps avant, au mois de novembre, je crois, et un vendredi... oh ! quel
mauvais jour que le vendredi ! n'entrepre-
nez jamais rien un vendredi, mes enfants...
le vendredi, il ne peut rien arriver d'heu-
reux... Je me souviendrai toute ma vie
d'un bas que je commençai à tricoter un
vendredi... non... c'est impossible de dire
tout ce qui arriva à ce bas... il tomba... il
tomba dans l'eau, il tomba dans le feu...
Bref, le jour où je l'achevai, je criai au
miracle, et j'avais bien raison... Mais je
reviens à ma chatte; cette chatte aujour-
d'hui si calme, si peu friande, était alors
d'une gourmandise atroce... Impossible de
garder une côtelette, un restant de vo-
laille, unm orceau de poisson surtout...

tout disparaissait du garde-manger que c'était une bénédiction... Enfin l'audace de cette malheureuse bête en était venue jusqu'à prendre les choses sur le gril même, dans la poêle même; il n'y avait que les pièces à la broche qu'elle ne désembrochait pas, mais cela aurait fini par là, sans aucun doute. De là, comme vous pensez, des scènes continuelles, car, bien que Madame fût la douceur même, ça ne l'empêchait pas de crier quelquefois. « Si vous faisiez attention à ce que vous avez sur le feu, disait-elle à Pétronille, le chat ne l'emporterait pas... Si nous étions à la ville encore, il n'y aurait que demi-mal, on irait au marché remplacer les mets enlevés... mais ici, dans cet endroit isolé, où il faut faire une lieue pour avoir une côtelette, il n'y a pas de bons sens d'être aussi étourdie... » Et Madame avait raison de gronder, plus cela faisait de peine à Pétronille : « Maudite chatte ! répétait-elle continuellement, je me vengerai de tes tours, va, sois tranquille ! »

Donc, un soir de novembre, un vendredi, je me le rappellerai toute ma vie, et le treize du mois encore, cette infernale bête avait mangé une alose... une belle alose, pêchée même devant la maison. Pour un jour maigre, c'était bisquant, avec ça que M. le curé dînait au château, et qu'il aimait les aloses à la passion... Que faire?... que faire?... « Nous avons une anguille, » que je lui dis... mais bast, l'anguille avait disparu... elle avait pris le même chemin que l'alose, le gosier de Minette. Il y avait de petits merlans... les petits merlans, disparus encore... Vous jugez la scène! le général s'en mêla; on dîna avec des pommes de terre, des choux, des carottes, des épinards, de la salade et deux plats de crème, encore Minette avait-elle fourré son museau dans un, mais ça n'y paraissait pas beaucoup; personne ne s'en douta à table... Quelle affreuse journée! quelle affreuse journée! sainte mère du bon Dieu! « C'est fini, me dit Pétronille pendant que les maîtres étaient encore

au dessert, je ne puis plus vivre ainsi! moi
ou la chatte, il faut que l'une ou l'autre
saute le pas, et, comme il ne sera pas dit
qu'une maudite bête, qui n'a jamais reçu
le baptême et qui n'est pas même suscep-
tible de le recevoir, l'emporte sur une
chrétienne... c'est elle qui y passera. »
Nous tenons conseil sur le genre de mort
à donner à la bête. « Faut lui couper le
cou avec le grand coutelas, disait Lignac.
Tu te rappelles cela, n'est-ce pas, Catherine? Faut la pendre au plancher, disait
Pétronille. » Moi, j'étais d'avis de l'assom-
mer avec le battoir de la blanchisseuse...
Mais, quand il s'agissait de mettre son projet à exécution, chacun rechignait, se récu-
sait... et, pendant ce colloque, la mauvaise
bête faisait comme si elle n'entendait rien...
qu'elle entendait, j'en suis sûre, j'en mettrais la main au feu... Accroupie devant le
foyer, les yeux à moitié fermés, le dos
rond, la queue entourant son ventre, on
l'aurait prise pour une sainte-n'y-touche...
et que pourtant le diable n'y perdait rien,

comme vous allez le voir par la suite...
« Morguenne, faut la noyer, » dit Lignac.
C'était le plus facile à faire ; ça prévalut.
Le jardinier va dans le jardin chercher
une grosse pierre, Pétronille détache sa
jarretière et la lui donne... Tu t'en souviens, Catherine, une jarretière de laine
rouge? Moi j'appelle Minette ; la pauvre
bête vient en faisant patte de velours, je
la prends sur moi, et, pendant que je la
caresse, Lignac lui attache adroitement la
pierre à la queue ; puis il la prend sur ses
bras, et le voilà parti, ce pauvre Lignac.

— Qu'est-ce qu'il a fait, ce pauvre Lignac? dit ce dernier entrant dans l'anti-
chambre en portant une bourrée sur ses
épaules.

— Je leur racontais l'histoire de la queue
du chat, répondit Janon.

— Ah! une fameuse histoire, sur mon
âme! fit Lignac en jetant sa bourrée dans
un coin de la chambre.

— Lignac, dites-leur donc un peu ce

qui vous arriva dans la route, dit Janon, car je ne l'ai jamais bien compris.

— Ça doit être curieux, dit Ernest d'un air goguenard.

— Non pas curieux, mais effrayant de surnaturel, monsieur Ernest, dit le paysan avec bonhomie.

— Eh bien! assieds-toi, mon brave, et dis-nous ça, dit Ernest.

— Sauf vot' respect, ce n'est pas de refus... répondit Lignac en arrangeant le bois du feu ; je suis las en diable.

— Assieds-toi, puisque Ernest te le dit, reprit Mathilde.

— C'est donc pour vous obéir, Mademoiselle, dit Lignac s'asseyant sur le petit rebord de la chaise.

— Et maintenant commence, s'écrièrent tous les enfants à la fois.

CHAPITRE VIII

Suite de l'histoire de la queue enchantée

Tenant à deux mains son chapeau, dont il tortillait les bords, Lignac prit la parole.

— Faut d'abord commencer par le commencement, et avouer à nos jeunes maîtres que, pour ne pas affliger madame la baronne en lui disant ce que nous avions fait de son chat, nous avions tous juré sur notre âme de n'en rien dire à personne, ni pour or, ni pour argent... Donc me voilà parti avec Minette sur les bras... Il faisai un temps mauvais comme tout, sombre

froid, le vent sifflait... que c'était une bé
nédiction... La pluie tombait... qu'on aurait dit le déluge universel, avec ça que le
terrain était gras comme tout... on ne pouvait tant seulement se tenir debout, on
glissait à chaque pas... enfin un temps où
les sorciers vont au sabbat... quoi !... D'a-
bord, je n'avais pas peur ; j'avais pris par
les vignes et je marchais hardiment ; tout-
à-coup, voilà que je me dis : « Où vas-tu,
mon homme, de ce pas-là ? Tu vas pour
noyer un chat, et tu tournes le dos à la
rivière : tu es bête comme tout... » Et je
m'en retourne sur mes pas... J'arrive sur
le bord de l'eau, l'eau était haute comme
tout... Je me fais encore cette réflexion :
« Si je jette le chat à la marée haute, à
la marée basse on verra la bête morte, on
nous accusera... tout un chacun n'est pas
doué d'une physionomie de menteur, on
verra sur la mienne que c'est moi, je suis
perdu ; vaut mieux aller du côté de l'estaye... peu d'eau, mais vingt pieds de
vase ; la pierre aidant, le chat ira avant.

je serai sauvé... » Je m'en vas donc du
côté de l'estaye... mais voilà que Minette,
la maudite, miaulait, miaulait comme tout...
que si j'avais eu tant seulement pour deux
liards d'imagination, j'aurais vu tout de
suite que ce n'était pas naturel... Plus j'ap-
prochais du but, plus les miaulements de
Minette augmentaient, les griffes même
commençaient à entrer en danse ; pif ! elle
me griffait le nez... paf ! c'était le menton ;
pouf ! c'était l'oreille ; il n'y avait pas jusqu'à mes pauvres mains qui étaient en
sang... Dame !... que voulez-vous ?...
L'homme n'est pas de fer, le paysan non
plus, et je commençais à trembler bel et
bien... Cependant, poursuivant mon chemin, car enfin je ne voulais pas qu'il fût
dit qu'une bête l'eût emporté sur moi,
j'arrivai devant l'estaye ; alors Minette,
qui s'était tue un moment... pour griffer
plus à son aise... se remit à miauler d'une
façon qui, je vous assure, n'était pas natu-
relle... Elle se débattaient avec des con-
torsions fort étranges ; des éclairs jail-

4

lissaient de ses yeux gris; tantôt elle avait
l'air de prier, l'instant d'après on aurait
dit qu'elle menaçait; puis son cri devenait
plaintif; bref, la sorcière qu'elle était,
savait fort bien de quoi il retournait, si
c'était de la pique ou du carreau. Il ne
s'agit pas ici de me faire passer pour
plus brave que je ne suis, arrêté debout
sur le petit pont qui traverse ce petit bras
de rivière appelé par le paysan *estaye*, je
ne sais si c'est du bon français; je frisson-
nais par tout mon corps, mes dents claquaient, je serrais Minette à l'étouffer, et
toutefois, voyez ce que c'est que le sort,
je ne pouvais me résoudre à mettre
fin à cette aventure. Il ne passait pas
une voile sur l'eau, il ne passait pas un
chien sur la route; le vent soufflait de plus
en plus; la pluie était si fine et si froide,
qu'elle nous pénétrait jusqu'à la moelle des
os; de ma vie, ni de mes jours, je n'avais
vu pareille nuit, et j'eus un instant l'idée
de m'en retourner avec Minette; mais, que
vous dirai-je? on est un homme et on a peur

des quolibets des femmes. « Pourquoi
n'as-tu pas jeté Minette à l'eau? — Qu'est-
ce qui t'a pris? — A quoi as-tu pensé? »
Et patati, et patata; bref, comme on dit,
je pris mon courage à deux mains, et
Minette aussi; je tourne la tête, je ferme
les yeux, car à coup sûr je savais bien qu'il
allait arriver quelque chose d'extraordinaire, et je lance ma bête de toute ma
force par-dessus le garde-fou du pont, puis
je prends mes jambes à mon cou, comme
dit c'tautre, et je me mets à fuir comme
un beau diable... Dame!... je courais, fallait voir, et que tout de même j'aurai
donné bien des choses pour me trouver
rendu au coin du feu de la cuisine du château, avec ma femme à mon côté et Pétronille par derrière moi, et Janon et Pontet, en
face, comme de coutume... mais je n'étais
pas au bout de mes peines, comme je vais
vous l'apprendre, si, sauf vot' respect,
Monsieur et Mam'selle, vous voulez m'ac-
corder encore un petit brin d'attention.

La nuit était devenue encore plus noire,

le vent plus fort, la pluie plus fine et plus
froide; la terre tremblait sous mes pieds.
« Pour sûr, pour sûr, je me disais, il va
m'arriver quelque chose d'affreux... »
J'entendais dans l'air des concerts épou-
vantables, et, bien que Minette dût être
morte à l'heure qu'il était, bien qu'elle ne
fût plus sur mon bras, je l'y sentais
encore, et je courais toujours à perdre haleine. Voilà que tout-à-coup... oh! mon
Dieu, la bonne Vierge et tous les saints du
paradis, ayez pitié de moi! Je sue encore
quand j'y pense, et mes cheveux se dressent roides sur ma tête... Imaginez-vous
que j'entends distinctement... oh! mais!
oh! mais! il ne faut pas dire non... j'entends distinctement, presque sur mes ta-
lons, la marche lourde et pesante d'une
grosse bête, dont les pieds faisaient *flic,
flac*, dans l'eau du chemin. « C'est Minette,
que je me dis aussitôt, » et je veux courir
plus fort... impossible... mes jambes
ployaient sous moi, mes dents claquaient;
malgré le froid, je suais à grosses gouttes...

et, chose inconcevable, je ne reconnus
plus mon chemin. Ce n'est plus Barsac, ce
n'est plus la commune, ce ne sont plus les
bords de la Garonne, ni la Garonne non
plus, ni les peupliers qui bordent l'eau,
c'est un pays inconnu ; la rivière est quatre
fois plus large, les arbres quatre fois plus
hauts... puis comme tout tourne autour de
moi, je ne sais comment ça se fait, je me
mets à tourner avec, j'étais ensorcelé...
Autre chose! A force de tourner, tourne-
ras-tu?... de courir... as-tu assez couru?
je vois une lumière, je reconnais mon chemin ; je ne suis qu'à vingt pas du château;
j'avance hardiment. Autre chose! une
grande ombre brune s'élève tout-à-coup de
terre devant moi; elle grandit; elle s'allonge, elle s'allonge ; ça n'avait pas de
forme ; mais à une petite lanterne que le
fantôme portait, on voyait bien qu'il était
tout saignant... puis le *flic, flac* de la grosse
bête qui barbote encore dans la boue. La
bête marchait devant moi, et, ensorcelé
que j'étais, je suivais par derrière. Mais

voilà qui devient encore plus guignonant :
ce scélérat de fantôme ne se met-il pas
dans la tête de me barrer le chemin et de
m'empêcher d'entrer au château ; il se
boute en travers de la grille en fer par où
il me fallait passer. « Oh! mais, oh! mais,
que je lui dis, ça ne se passera pas ainsi...
Tu me suis, c'est bien ; tu me fais peur,
c'est bien, mais tu ne m'empêcheras pas
d'entrer chez nous... Au secours, à l'aide,
à l'assassin! » Je recommande mon âme à
Dieu, je fais le signe de la croix, je ferme
les yeux et je crie : « Hors d'ici, fantôme
du diable, sorciers, sorcières et tout ce qui
s'ensuit... Mon Dieu, qui êtes aux cieux,
ayez pitié de moi, pauvre pécheur que je
suis... » Un éclat de rire m'interrompt,
mais un rire!... là!... qui n'était pas de ce
monde... je recommence : « Eloigne-toi,
démon tentateur ; Jésus, qui êtes à la
droite de Dieu avec l'Agneau pascal à vos
pieds. » Un autre éclat de rire encore plus
de l'autre monde que le premier ; dans ce
moment, j'avais pris dans ma poche un

chapelet béni par M. le curé; ça me donne le courage d'un lion : tournant comme ça, voyez-vous, monsieur Ernest, les grains de mon chapelet dans mes mains, je récite vite et à haute voix : « Notre Père, qui êtes dans les cieux, que votre nom soit sanctifié, que votre règne arrive, que votre volonté soit faite sur la terre comme dans le ciel; donnez-nous aujourd'hui notre pain quotidien, et nous pardonnez nos offenses comme nous pardonnons à ceux qui nous ont offensés, et ne nous laissez pas succomber à la tentation, mais délivrez-nous du mal. Ainsi soit-il. » Puis, la tête basse, j'avance hardiment la main pour chercher le cordon de la sonnette et sonner... Jésus, bon Jésus, ma main touche quelque chose de doux, de moelleux... enfin, vous me croirez ou vous ne me croirez pas ma jeune mam'selle, ma main touche la peau d'un chat, mais d'un chat grand comme père et mère, à preuve que ma main était élevée à la hauteur de ma tête, et que, par conséquent, le chat était plus grand que moi. « C'est Minette, que je m'écrie, » et aussitôt je sentis un coup au cœur, puis à la tête, puis, pendant un moment, je fus mort.

— Qu'est-ce que ça pouvait être, Lignac? dit Juliette au jardinier, qui s'était tu pour écouter sonner l'horloge de l'église de Lormond, dont le vent apportait des sons nets et lents.

— C'est neuf heures ; à demain, mes enfants.

Et se levant, Lignac prit ses filets sous le bras et s'éloigna, suivi de Catherine.

CHAPITRE IX

Suite et fin de la queue du chat.

Le lendemain soir, Lignac étant occupé ailleurs, et Catherine n'ayant pas voulu quitter son enfant qui dormait, les enfants n'eurent pas de cesse que Janon ne leur eût achevé l'histoire de la queue du chat.

— Quand Lignac fut parti avec le chat sur les bras, dit la nourrice, je me rappellerai que c'était un vendredi, 13 du mois, et je frissonnai d'horreur. « Prie pour l'âme de défunt ton mari, dis-je à Catherine, car pour sûr, à l'heure qu'il est, il est mort. » Catherine n'en voulait rien croire; bref, une heure se passe, deux heures se passent, Lignac ne revenait pas; la jardinière commençait à être inquiète, lorsque voilà qu'on sonne à la grille d'entrée. « C'est mon mari! que fit Catherine, — Ci son âme, »

que je lui répondis, et pendant ce temps
on sonnait toujours. « Est-ce que vous
n'entendez pas sonner? » nous dit Pontet
en entrant dans l'office; puis nous voyant
pâles et blêmes, il nous offrit d'aller ouvrir; il y alla; au cri qu'il poussa à ce moment, nous accourûmes, Catherine et moi,
et nous vîmes d'abord deux vieilles voi-
sines, les demoiselles Trouillac, qui de-
meuraient au château au bout de la vigne,
près de l'estaye, puis Lignac étendu
roide mort, je veux dire qu'il n'était qu'é-
vanoui; nous le transportons à la cuisine,
on le fait revenirà lui, et là il nous raconte
l'affreuse histoire que vous savez... Bientôt
il cessa de parler, un grand silence s'en-
suivit; aucun de nous n'osait bouger, n'o-
sait même regarder derrière soi, tant la
peur de voir le diable était forte; on aurait
entendu voler une mouche. Tout-à-coup,
voilà... Juliette, n'ouvre donc pas de grands
yeux comme ça, tu m'effrayes... Voilà
qu'on entend au loin un gémissement profond, c'était comme un miaulement de

chat; l'horreur redouble, et malgré nous, nous tournons chacun la tête vers la porte de la cuisine qui donnait sur le petit jardinet, on l'avait ouverte. Les gémissements continuaient; ils approchaient, et plus ils approchaient, plus ils ressemblaient au miaulement d'un chat... ça y ressemblait tellement, qu'on aurait juré que c'en était un... Enfin bientôt un museau de chat, quoi! puis deux yeux qu'on aurait dit deux chandelles, puis deux oreilles, puis la tête, puis le cou, puis deux pattes, puis quatre pattes, puis enfin Minette tout entière... Vous jugez de notre effroi. Mais, voyant tout ce monde, car j'ai oublié de vous dire qu'au cri de Pontet, madame la comtesse et les deux demoiselles Trouillac étaient accourues... voyant tout ce monde, la pauvre bête s'arrêta piteuse, elle n'osait avancer, et semblait nous demander grâce... Qu'elle savait bien ce qu'elle faisait, la vilaine sorcière de bête! car nous autres qui formions un peloton au milieu de la cuisine, sans dire quoi ni qu'est-ce, nous séparons involontairement en laissant, au milieu de nous, un espace assez large pour qu'un régiment pût passer. Alors Minette s'avança, non plus fière, insolente, comme avant son départ, mais humble, triste, la tête basse, les oreilles basses, le ventre rasant la terre, et laissant après elle une longue traînée de sang. « Mon Dieu! s'écria madame la baronne, qu'est-ce donc qui est arrivé à Minette, et qui donc lui a coupé la queue? » Nous nous sentions tous coupables, et personne ne disait mot. « Qui donc a été assez méchant pour couper la queue à cette pauvre bête? reprit d'une voix aigre la plus vieille des demoiselles Trouillac. — Vous, » répond Lignac, à notre plus grand étonnement, et, à notre plus grand étonnement encore, nous vîmes la queue de Minette, bien changée à la vérité, car elle était vingt fois plus grande et quatre fois plus grosse, sur les épaules de cette demoiselle, que même elle lui faisait trois fois le tour du cou.

— Et que dit maman? demanda Mathilde.

— Votre maman ?... dame !... comme à
son ordinaire, elle voulut nous prouver, la
chère femme, qu'il n'y avait pas de magie,
que ce que mademoiselle Trouillac portait
autour de son cou était une chose qu'elle
appelait un boa, j'ai bien retenu le nom.
Elle a voulu encore nous prouver que c'é-
taient ces demoiselles qui suivaient Lignac,
et que le *flic flac* était causé par leurs
sabots ; que ce qu'il avait pris pour du sang
était leur manteau de laine rouge... que
c'était encore elles qu'il avait trouvées contre la grille de la cour ; et que, lorsque lui,
Lignac, avait levé la main pour tirer le
cordon de la sonnette, c'était la palatine en
cygne blanc de la plus jeune des demoiselles Trouillac qui s'était trouvée sous sa
main... Enfin... toutes bêtises, quoi ! dont
vous pensez bien que nous n'avons pas cru
un mot.

— Je ne jouerai plus jamais avec Minette,
dit Juliette.

— Certes, ni moi non plus, ajouta Auguste.

— Quant à moi, je ne l'ai jamais aimée, cette vilaine bête! dit Mathilde.

— Est-ce que vous avez peur qu'elle vous mange, s'écria Ernest, d'un air important... Rassurez-vous, rassurez-vous, enfants, depuis que le monde est monde, ce n'a jamais été les petites bêtes qui ont mangé les grosses...

— Que tu es malhonnête, mon frère! dit Mathilde d'un air boudeur.

— Cet enfant ne croit à rien, dit Janon avec dépit.

— Je ne crois pas aux sorciers, répondit Ernest.

— Ni aux revenants? demanda Janon.

— Ni aux revenants, répondit Ernest.

— Ni aux fées?... demanda encore Janon.

— Quant aux fées... encore moins... dit Ernest en riant.

— Ecoutez, monsieur Ernest, ne dites pas de ces impiétés-là, je vous en prie : il vous arrivera malheur... et, si je vous racontais seulement l'histoire des *Pilules du*

Diable, arrivée au petit Hector de Barsac lui-même, ou toute autre histoire, je vous ferai voir, clair comme le jour, des fées, comme je vous vois...

— Ah! si tu m'en fais voir! dit Ernest, l'air goguenard.

— Et toucher, si vous voulez, car la malheureuse est morte, mais son tombeau est ici près au cimetière de Lormond... dit naïvement la vieille paysanne en montrant l'épaisseur de sa main.

— Tu m'en diras tant!... dit Ernest.

— Tout de suite, si tu veux, dit Janon faisant mine de se lever.

— Oh! pas tout de suite, se récria Juliette, dont la tête alourdie par le sommeil se penchait tantôt sur une épaule, tantôt sur l'autre, demain... demain... dis, Janon.

— Oui, chère petite enfant du mystère, répondit Janon, à demain.

CHAPITRE X

Les gâteaux de Brin-d'Amour.

Une maladie de Janon empêcha pendant quelque temps de reparler de l'histoire promise, et dont le titre intriguait beaucoup les enfants... La convalescence de la vieille paysanne fut longue, l'hiver se passa, et le printemps étant venu, puis l'été et les promenades, les jeux dans la cour remplacèrent les veillées; bref, enfants et vieilles gens, personne ne pensait plus aux *Pilules du Diable*, lorsqu'une circonstance, bien puérile en apparence, la remit en mémoire.

Le petit nombre de personnes qui ont habité Lormond, Bassens et Montferrand, ce charmant pays des environs de Bordeaux que baigne la Garonne, et ce petit nombre de personnes, tous mes parents ou mes amis, me liront et se rappelleront sans doute le pâtissier ambulant de la côte, un petit homme court, jovial, habillé de blanc, et dont le nom était aussi original que son rire niais, que ses propos empreints d'une bonhomie joyeuse, que la manière franche et posée de vous faire acheter des gâteaux; on l'appelait *Brin-d'Amour*. Brin-d'Amour passait deux fois la semaine, et, chaque fois, c'était un privilége de Janon, et Janon tenait à tous ses priviléges, et chaque fois Janon choisissait elle-même ce qu'elle croyait le mieux à l'estomac de celui-ci ou de celle-là. Les deux plus grands enfants, Ernest et Mathilde, auraient pu seuls en appeler de cette décision, mais ils aimaient tant leur vieille bonne, que certes ni l'un ni l'autre n'auraient voulu lui faire du chagrin pour si peu.

Un jour, on était au mois d'août, la pureté et la fraîcheur de l'atmosphère ayant engagé Janon à aller faire quelques emplettes à Bordeaux, elle s'embarqua par la marée montante de six heures du matin, et promit aux enfants d'être de retour avec la première flotte de la marée descendante, ce qui remettait ce retour de midi à une heure.

Effectivement, elle sonnait à la grille du portail comme une heure frappait à l'horloge de l'église; en entrant dans la cour et voyant chaque enfant accourir au-devant d'elle, un gâteau à la main, elle s'écria :

— Tiens ! Brin-d'Amour est venu ?

— Non, lui répondit Ernest; Brin-d'Amour s'est entré une épine dans le pied, ce qui l'a empêché de venir lui-même, mais il a envoyé un de ses camarades.

—Que vous connaissez? demanda Janon.

— Que nous n'avons jamais vu, affirma naïvement Mathilde.

—Et vous avez acheté des gâteaux à un inconnu... comme cela... sans vous informer qui il était, d'où il venait, quelle était sa famille, ses parents, ses adhérents?

dit Janon toute d'une haleine et avec une grande volubilité.

— Dame! fit Ernest en riant, nous ne nous sommes informés que d'une chose, si ses gâteaux étaient bons, et ils le sont, je t'en réponds, Janon.

— Imprudents!... imprudents!... trois fois imprudents!... reprit Janon, la voix aussi solennelle que le geste.

Puis, comme elle vit que les enfants, peu convaincus de leur imprudence, mordaient à belles dents dans leurs gâteaux, sans se moquer mais aussi sans avoir égard à ses paroles, elle ajouta, avec cet accent rechigné et plein de reproche d'un subalterne familier avec son supérieur :

— Je le vois, vous n'osez pas me dire que je radote, je vous ai trop bien élevés pour cela, mais vous le pensez, c'est tout comme... Oh! bonne Vierge! quand les enfants voudront-ils enfin écouter de plus vieux qu'eux, et parce qu'ils savent lire et écrire, ce que leur pauvre bonne ne sait pas, ne pas se croire plus savants

qu'elle. Aussi, c'est ma faute... Si, depuis
le temps que je vous l'ai promis, je vous
avais raconté l'histoire des *Pilules du Diable*... vous seriez un peu moins légers, un
peu plus prudents... et vous ne mangeriez
pas de gâteaux qui viennent vous ne savez
d'où, fabriqués avec vous ne savez quoi...
et vendus par vous ne savez qui... Mais
pas plus tard que tout-à-l'heure, vous allez
l'apprendre, cette histoire... et puisse-t-
elle vous servir d'exemple pour le reste de
vos jours !.,.

En achevant ces mots, Janou alla poser
ses paquets, ôter sa coiffe des dimanches,
en mettre une plus simple, et, venant s'asseoir dans la cour, sur un banc, avec tous
les enfants autour d'elle, assis sur autant
de pliants faits en fauteuils, elle prit la
parole.

CHAPITRE XI

Les Pilules du Diable

Janon commença ainsi :

— Sur le versant du coteau de Lormond, vous voyez encore, mes enfants, une petite cabane en chaume, qui maintenant tombe en ruines et sert aujourd'hui de refuge aux chasseurs de gibier quand il pleut. Il y a bien longtemps de cela, cette cabane était habitée par une vieille, vieille femme, si vieille, que personne dans le pays ne se souvenait de l'avoir vu naître; on l'appelait tout haut la mère Margoton; mais tout bas on se disait à l'oreille et sans se regarder que cette femme était fée, sorcière, bohémienne, à preuve qu'elle jetait des sorts sur les vaches, sur les veaux et sur les moutons, sans compter que parfois les chrétiens n'étaient pas à l'abri de ses sortiléges. Or, un jour, je ne sais plus à propos de quoi... ah! d'un vol, je me rappelle, que cette sorcière avait commis à l'église, ce qui prouvait bien son origine et qu'elle ne craignait ni Dieu ni Diable, M. le baron de Barsac la fit enfermer huit jours; puis il donna ordre de la relâcher, en la menaçant toutefois, si elle recommençait, de la faire chasser du pays. C'était un peu avant l'époque où l'on vint me chercher mon nourrisson pour l'amener ici... Je tiens l'histoire des *Pilules du Diable* du petit Hector lui-même.

C'était par une matinée de printemps, au mois de juin, tous les Barsac, les voisins, les amis, s'embarquèrent pour descendre la rivière jusqu'à Pauillac et faire la conduite à un capitaine de navire de leur famille, qui partait pour l'Angleterre, ou la Russie, ça n'y fait rien, je n'ai pas bien retenu le nom du village que le petit me

nomma... Le petit Hector, qui était volon-
taire, voulait aller avec eux ; mais sa mère,
la belle comtesse de Barsac, qui avait cette
robe changeante dont je vous ai parlé, lui
mit une belle pièce de trente sous dans la
main en lui disant pour toute consolation :
« Tu es trop petit; » et elle le laissa là,
ainsi que sa compagnie. Voilà l'enfant pas
du tout consolé, qui pleure, qui pleure,
fallait voir ! et tout en pleurant, il retournait sa belle pièce neuve dans ses mains,
et il l'arrosait de ses larmes. Comme il était
ainsi dans la cour... tenez... là-bas contre
la grille du portail, pleurant et retournant
dans ses petites mains sa belle pièce neuve,
la vieille Margoton vint à passer : « Bonjour l'enfant, dit-elle au petit en s'arrêtant. — Bonjour, la vieille, » lui répondit
le petit en essuyant ses yeux. Puis voici
ce qu'ils se dirent : « *La vieille*. Qu'avez-
vous à pleurer, un joli enfant comme vous?
— *Le petit*. Qu'est-ce que ça vous fait ? —
La vieille. Ça me fend le cœur. — *Le petit*.
Et à moi bien davantage. — *La vieille en*

faisant la voix la plus câline. Allons, con-
tez-moi cela, petit amour chéri. — *Le petit
voulant s'éloigner.* Vous n'y pouvez rien,
laissez-moi donc tranquille. — *La vieille.*
Qu'en savez-vous, mon petit ami ? Hélas !
le pauvre enfant se débattait sous le charme
que la vieille sorcière lui soufflait par ses
yeux, par son nez et par sa bouche. Enfin,
il répondit : « Pouvez-vous faire que je
sois tout d'un coup grand comme papa ? —
La vieille réfléchissant avec une joie féroce.
Peut-être, mon petit incrédule. — *Le petit
se rapprochant alors avec instance.* Oh !
faites-le, la bonne vieille, faites-le ; voilà
d'où vient mon chagrin. — *La vieille,
lorgnant de son œil louche la pièce blanche
qui reluisait dans la main du petit Hector.*
Je le veux bien, mon enfant, mais rien
pour rien, que me donnerez-vous pour
cela ? — *Le petit avec cet entraînement
d'un enfant qui ne connaît pas la valeur de
l'argent.* Ma belle pièce de trente sous.
— *La vieille la dévorant des yeux.* Toute ?
— *Le petit.* Toute, tenez, prenez ! *La vieille*

avec un fausset désagréable. Je ne la prendrai que lorsque je l'aurai gagnée ; atten-
dez-moi là, je reviens. » La vieille s'éloigna
aussi vite que ses vieilles petites jambes le
lui permettaient ; elle alla à sa cabane, s'y
enferma. Ce qu'elle y fit fut un secret pour
la nature entière ; quand elle en sortit, elle
tenait à la main une petite boîte que les
épiciers vendent remplie de veilleuses
moitié carton, moitié bouchon... et elle reprit le chemin du château. Le pauvre enfant l'attendait toujours au même endroit,
sa pièce blanche dans la main : et sa bonne
ne vint pas l'arracher au danger : à quoi
pensait-elle? Confiez-donc vos enfants aux
bonnes!... Enfin!... enfin!... de tout
temps on leur en a confié et on leur en
confiera toujours. Je reviens à mon histoire.

Or la vieille sorcière, en voyant sa vic-
time qui n'avait pas bougé de la place où
elle l'avait laissée, eut tant de plaisir, que
ses petits yeux gris en lançaient presque
des éclairs. Elle s'approcha d'Hector, et

5

après avoir bien regardé autour d'elle
pour voir si elle n'apercevait personne,
s'étant bien assurée qu'elle était seule
avec ce pauvre innocent, voilà le discours
qu'elle lui tint : « Cette boîte, lui dit-elle
en la lui ouvrant et la refermant aussi vite,
est remplie de pilules, comme vous le
voyez, mon enfant; ces pilules, fabri-
quées par un de mes aïeux, très-savant
en médecine, ont un charme merveilleux.
Ecoutez-bien ; mais d'abord jurez-moi que
vous ne parlerez de cela à personne, et que
si on trouve la boîte, vous ne direz jamais
de qui vous la tenez, car vous mourriez
soudain ; c'est encore un charme attaché
à ces pilules; jurez donc, mon ami. — Je
ne jure jamais, Madame, répondit Hector
avec un sentiment inexprimable ; seulement, je vous donne ma parole d'honneur
de ne parler de cela à personne. Cela me
suffit, dit la sorcière, qui en savait assez
long pour juger le caractère noble et géné-
reux de cet enfant. Ecoutez donc ! prenez
cette boîte, et ne l'ouvrez qu'à la nuit

close et lorsque vous serez seul; alors, après avoir regardé partout s'il n'y a personne de caché, vous mettrez une table au milieu de votre chambre, vous approcherez un grand fauteuil, dans lequel vous vous assiérez; puis, éclairé par une seule bougie, vous ouvrirez votre boîte, vous y trouverez trois pilules rondes et trois longues : les rondes se mangent et les longues se brûlent. Vous en mettrez une ronde dans la bouche, et vous en allumerez une longue à la bougie, que vous éteindrez tout de suite après; puis, vous vous endormirez, et, quand vous vous réveillerez, vous aurez dix ans de plus. Si vous voulez en avoir tout de suite vingt de plus, vous mangerez deux pilules rondes, et vous en allumerez deux longues; pour trente de plus, vous mangerez les trois rondes, et vous allumerez les trois longues. Comprenez-vous?... Maintenant, donnez votre pièce de trente sous, et voyons si elle est frappée de cette année; il le faut pour que le charme opère. — Et si elle était frappée

de l'année dernière? dit Hector inquiet.
— Ce serait la même chose, » dit la vieille
en échangeant sa boîte contre l'argent
d'Hector.

Hector, resté seul, n'eût plus qu'une
idée. « J'ai huit ans ce matin, se disait-il,
et, ce soir, j'aurai dix-huit ans, ou vingt-
huit ans, ou trente-huit ans, suivant que
je mangerai une, deux ou trois pilules
rondes, et que j'allumerai une, deux ou
trois pilules longues; qu'est-ce qu'il vaut
mieux avoir! dix-huit ans? vingt-huit
ans? ou trente-huit ans?... » Cela l'occupa
toute la journée et, quand la nuit fut
venue, lui qui ne voulait jamais aller se
coucher, à qui il fallait le dire vingt fois de
suite, demanda le premier à aller se mettre au lit...La bonne, une nommée Janille,
une petite brunette, assez gentillette, je
la vois encore, la bonne, dis-je, ne demandait pas mieux : on était aux vendanges;
les vendangeurs devaient danser dans le
cuvier, leur journée finie, et, sans se faire
autrement prier par l'enfant, elle vous le

monte, vous le déshabille, vous le couche,
lui allume la veilleuse, et lui recommande
d'être bien sage, de ne pas avoir peur, de
ne pas appeler, puis vous enferme à clef
ce pauvre innocent dans sa chambre...
Oh! les bonnes! les bonnes! les jeunes,
s'entend... et court à la danse. Mais, dit
Janon en s'interrompant... voilà bientôt
l'heure du dîner; je vais mettre le cou-
vert. A demain la fin.

— Pourquoi pas à ce soir? demanda
Mathilde.

— On rentre le foin, il faut que je sois
là... il faut que je sois à tout, moi... que je
remplace ta mère... la pauvre chère femme
qui est à côté du bon Dieu : elle était assez
sainte pour ça, la sainte âme qu'elle était...
que je remplace ton père, qui est à l'armée
de la guerre, en *Algerre*. A demain donc
la fin... moutards... comme dit ce coiffeur
parisien, né natif de Paris, qui est venu
vous tailler les cheveux l'autre jour.

CHAPITRE XII

Suite des Pilules du Diable.

— Donc, dit Janon, reprenant son récit, voilà mon petit bonhomme au lit, il écoute sa bonne fermer la porte, faire faire un double tour à la clef; il l'entend descendre quatre à quatre les marches de l'escalier, puis le silence le plus complet succéder à ce bruit. Alors il s'élance hors du lit. La tête préoccupée de ce que, dans un moment, il allait avoir ou dix-huit ou vingt-huit ans, ou trente-huit ans, il penchait assez pour ce dernier âge, qui alla t le mettre au niveau de l'âge de son père.

et par conséquent les faire aller de pair à
compagnon tous deux, bras dessus, bras
dessous; il commença par jeter de côté,
avec un mépris profond, ses petits sou-
liers, ses petits habits, et surtout ses jou-
joux épars çà et là dans la chambre; puis,
après avoir allumé une bougie à la veilleuse, il porta la table, une petite table en
noyer, qui est dans ta chambre, Juliette;
il porta cette petite table, dis-je, au milieu
de la chambre, posa la bougie dessus, puis
il approcha un énorme fauteuil dans lequel
les enfants du mystère dorment côte à
côte, comme dans l'image de Paul et Vir-
ginie; il s'y assit, et posa sa petite boîte
devant lui.

Il m'a avoué, le pauvre innocent! que
le cœur lui battait beaucoup en ouvrant
cette boîte.., Toutefois, toujours devant
les yeux les trente-huit ans dont il allait
gratifier sa jeunesse, il mit une pilule
ronde dans sa bouche. Il lui trouva bien
un goût amer assez désagréable; mais il
n'en poursuivit pas moins son projet, et,

allumant ses trois pilules longues à la bougie, qu'il éteignit ensuite ainsi que le lui avait recommandé la vieille sorcière, il chercha une seconde pilule ronde pour la manger... Mais, avant qu'il l'eût prise, un nuage se répandit sur ses yeux et il sentit sa tête si lourde, que malgré lui il fut forcé de s'appuyer sur le fauteuil; puis il sentit un grand malaise... puis il ne sentit plus rien du tout.

— Il était endormi, dit Ernest.

— Dites donc que le charme opérait, monsieur Ernest, comme la suite va vous le prouver. Ecoutez avec attention, reprit Janon. Quand il se réveilla, le lendemain, il faisait grand jour; un vieux valet de chambre, silencieux et morne, entra dans sa chambre et lui prépara tout ce qu'il lui fallait pour se lever : un pantalon à pieds, une grande robe de chambre et des pantoufles, il s'aperçut alors, à la longueur et à l'ampleur des vêtements, que les pilules avaient fait leur effet... Pendant que le valet de chambre préparait sa toilette, il le

regardait avec attention; il lui semblait
connaître ce visage, et cependant il n'avait
jamais vu de domestique aussi vieux... Il
en était là de ses observations, lorsque ce
domestique, ayant achevé de tout préparer,
se posa devant son maître, et, avec la fami-
liarité d'un ancien serviteur, lui dit : « Je
conçois que Monsieur soit fatigué ; à son
âge et avec le ventre dont le ciel et les
bons dîners ont doué Monsieur, je conçois
que trente lieues à cheval pour aller chercher à Bayonne ce vin d'Espagne que le
docteur Martin a ordonné à madame votre
mère, et qu'on ne trouve réellement pur
que chez M. Dautézac, dans cette ville...
Je conçois que Monsieur soit très-fatigué. »
Hector était comme vous, mes enfants, dit
Janon en s'interrompant, il ouvrait de
grands yeux en écoutant les paroles de ce
vieux bonhomme. D'abord cette phrase
respectueuse adressée toujours à la troisième personne, et ce titre de *monsieur*,
lui flatta singulièrement le tympan; mais
quand le domestique parla du ventre qu'il

avait, et que, se regardant, il aperçut effec-
ivement une élévation extraordinaire à
cette partie du corps, puis qu'il regarda en
même temps ses bras, ses mains, sans trop
y penser, presque malgré lui, il s'écria :
« Combien ai-je donc avalé de pilules, bon
Dieu ? — Les pilules que le docteur Martin
ordonne à Monsieur pour le faire maigrir ?
répéta le vieux serviteur d'un air tant soit
peu goguenard ; je crois, Dieu me pardonne,
qu'elles font engraisser Monsieur au lieu de
le faire maigrir... Je n'ai jamais vu Monsieur si... si... Je l'ai déjà dit plusieurs fois
à Monsieur qui ne veut pas m'écouter, qui
me traite de radoteur... parce que j'ai
soixante-huit ans bien comptés... Oh! il
ne faut pas hocher la tête, Monsieur, c'est
vrai... tenez, vous rappelez-vous une certaine partie de campagne que vos parents
firent quand vous n'aviez pas plus de huit
ans, il me semble que c'était hier... Que le
temps passe vite! mon Dieu! que le temps
passe vite! Je cite ce fait-là parce que, ce
jour, Monsieur pleura beaucoup, et que le

soir à l'office vous me répétiez toujours :
Laisse-moi tranquille, Joseph, je ne veux
plus être petit, ça m'ennuie... je veux être
gros et grand comme M. le curé... Vous
l'êtes maintenant, aussi gros et aussi
grand, je dirai même un peu plus gros...
Eh bien! Monsieur sait-il combien de
temps il y a de cela!... trente ans, Monsieur, ni plus ni moins, et quand on en a
déjà trente-huit, ça fait juste soixante-
huit... Monsieur veut-il que je lui prépare
tout ce qu'il lui faut pour faire sa barbe?
Ce dernier mot faillit arracher un cri à
Hector; il porta précipitamment la main à
son menton, et certes, si Joseph n'eût été
occupé à repasser ses rasoirs sur un cuir,
il n'eût pu s'empêcher de remarquer l'air
d'effroi de son maître en trouvant sous sa
main une barbe rude, épaisse, des favoris
d'une ampleur et d'un touffu extraordinaire, et une moustache du même calibre.

Joseph continua : « Soixante-huit ans,
comme je le disais à Monsieur, huit ans de
moins que madame la comtesse, qui, si je

ne me trompe pas... doit avoir... à la Saint-
Jean... soixante-seize ans... bien comptés...
Dame!... le temps passe et nous avec...
c'est une vérité fort incontestable... Je reviens à madame la comtesse, elle baisse...
elle baisse... tous les jours davantage, au
point que ce matin... vrai!... ce n'est pas
parce que ma surdité augmente, mais aujourd'hui j'entendais à peine la voix de
madame la comtesse, quand elle m'a dit :
— Mon bon Joseph, entre chez le comte
de Barsac... — Le comte de Barsac!...
quel comte de Barsac?... demanda Hector,
passant d'une surprise à une autre, en se
frottant les yeux, et se pinçant sous la cou-
verture pour se convaincre qu'il était bien
réveillé. — Mais... dit Joseph en portant la
main à ses yeux comme pour faire croire
à une larme; depuis... Monsieur le comte
sait de quel fatal événement je veux parler... depuis je n'en connais pas d'autre
que Monsieur... Pour en finir, je disais que
j'entendais à peine la voix de madame la
comtesse lorsqu'elle m'a dit : — Mon bon

Jóseph, va chez M. le comte, et s'il est réveillé, prie-le de passer chez moi, je te
prie... je me sens plus mal... — Plus mal!
cria Hector sautant à bas de son lit... ma
mère plus mal... ma mère malade! » Et,
oubliant sa croissance prodigieuse, il cherchait ses petites bottines, sa blouse du
matin et sa casquette, ne comprenant rien
à l'élégante robe de chambre que son valet
lui présentait, ainsi qu'aux pantoufles tur-
ques qui gisaient sur le tapis et au bonnet
grec qui coiffait la Vénus antique de sa
pendule. Toutefois, acceptant l'ample
robe de chambre et les divers vêtements
que Joseph lui passait à mesure, il s'élança
rapidement hors de sa chambre, et de là
sur l'escalier. Mais, hélas! comme il me l'a
très-bien raconté lui-même, le pauvre enfant, ce ne fut pas sans s'accrocher aux
portes, qu'il n'ouvrait pas assez grandes
pour lui donner passage, sans se cogner la
tête, ou se frapper les bras et les mains. Il
arriva enfin dans la plus grande conster-
nation et la plus étrange perplexité.

Comme Janon en était là de son récit, le chef de la bande des moissonneurs vint l'interrompre pour lui dire qu'un champ était fini, et lui demander quel autre il fallait entamer. La vieille paysanne se leva, et remit au lendemain la suite de l'histoire.

Le lendemain, Janon, cédant à l'impatience des enfants, dont les plus grands ne comprenaient rien à cette métamorphose extraordinaire, acheva son récit comme nous le verrons au chapitre suivant.

CHAPITRE XIII

Fin des Pilules du Diable.

C'était bien la chambre de sa mère, et cependant tout paraissait si vieux, si antique, la soie des meubles et les tentures de l'appartement étaient si fanées, qu'Hector ne la reconnut pas au premier abord. Une femme âgée le reçut sur le seuil de la porte, en lui faisant signe de faire silence; il fallut que cette femme lui parlât deux fois pour que dans ses traits grossis, dans cette taille rebondie, il retrouvât quelque chose de cette gentille et petite Janille, sa bonne d'enfance... Mais ce qui acheva de le pétrifier tout-à-fait, ce fut, du fond du

lit, une vieille, vieille femme qui lui tendit
une main sèche et décharnée, en l'appe-
lant : « Mon fils ! » Hector se précipita sur
cette main, la porta à ses lèvres, la mouilla
de ses larmes... Alors il comprit son vœu
criminel ; ainsi il n'avait pas seulement
avancé sa carrière, il avait avancé celle
de toute sa maison ; il avait surtout préci-
pité celle de sa mère ; il s'assit près du lit,
le mot de pardon dans le cœur et sur les
lèvres. « Mon cher enfant, lui dit la malade
d'une voix chevrotante dans laquelle
Hector cherchait vainement le timbre
jeune et charmant de sa mère... ne vous
affligez pas... que voulez-vous? il me semble
que c'est hier seulement que nous
fîmes une partie de campagne qui vous
causa un si violent chagrin, que vous vou-
liez mourir ou grandir tout d'un coup.
Trente ans !... Cet espace de temps, qui
fait de vous un homme, Hector... a ter-
miné la carrière de votre mère... Je le
sens, mon enfant... je ne puis aller plus
loin... je vais mourir. Oh ! ne parlez pas

ainsi, ma mère! cria Hector, ou je me re-
garderai comme un assassin, je croirai
vous avoir tuée. — La douleur vous fait
déraisonner, mon cher enfant, reprit affec-
tueusement la mourante... vous avez été
toute la vie, pour moi, un fils respectueux,
tendre et soumis... » Ici une faiblesse prit
à la comtesse, qui pâlit, balbutia encore
quelques mots que son fils n'entendit pas;
puis, s'affaissant peu à peu sur son oreil-
ler... elle murmura faiblement : « Je me
meurs... O mon Dieu! » et resta tout-à-fait
sans mouvement. A cette vue, Hector rem-
plit l'air de ses cris; il se jeta sur le corps
de sa mère inanimée, l'appela à plusieurs
reprises, et, cédant aux remords qui l'op-
pressaient, il avouait, en se frappant le
front, qu'il avait mangé des pilules que la
vieille Margoton lui avait données, et que
ces pilules, en lui donnant trente ans de
plus avaient aussi donné trente ans de
plus à sa mère... trente ans, par dessus
lesquels sa mère avait sauté sans transition,
et que, sans lui, sans son vœu fou et cruel,

elle aurait encore à vivre heureuse et gaie
de longues années. Et il pleurait à fendre
le cœur des assistants... et tout le monde
pleurait autour de lui... Mais sa mère ne
revenait pas... et alors il se jeta à genoux
devant ce lit sur lequel la mort venait de
choisir une proie et il s'écria : « Mon
Dieu !... reprenez ces trente années que
vous avez ajoutées à ma vie, et rendez-
moi mes huit ans et ma mère... mon bon
Dieu, je vous en prie... Faites que je rede-
vienne enfant, plus petit enfant même,
si vous voulez, pour me punir... » Dame,
mes chers enfants, ajouta Janon en s'interrompant, vous comprenez que, depuis
tant d'années, je ne me ressouviens pas
bien exactement de tout ce qu'Hector me
raconta à cette époque... seulement ce que
je me rappelle bien, c'est qu'après avoir
prié le bon Dieu longtemps, au pied du lit
de sa mère, il s'endormit, et que, lorsqu'il
se réveilla, il se vit, à son grand étonnement, couché dans son petit lit d'enfant,
avec son père et sa mère auprès de lui et

un peu plus loin Joseph et Janille ; que sa
mère était toujours jeune et belle, Joseph
grand et fort, et Janille toute jeunette, et
que, quant à lui, il retrouva avec plaisir
ses petites jambes, son petit corps, et que,
lorsqu'il porta une de ses petites mains à
son menton nu, il le trouva aussi doux et
aussi lisse que la veille au soir, quand il
s'était couché...

— Ah ! je comprends... s'écria Ernest...
ces pilules l'avaient endormi, et tout ce
qui s'était passé, il l'avait rêvé...

— Vous n'y êtes pas, monsieur Ernest,
vous n'y êtes pas, lui répliqua gravement
Janon ; ces pilules étaient bien positive-
ment enchantées, à preuve que, d'après
les paroles qu'Hector avait prononcées
dans sa prière, le comte de Barsac envoya
quérir la mère Margoton, qui avoua que
c'était pour se venger du père et de la cor-
rection qu'il lui avait fait donner, qu'elle
lui avait fait prendre ces pilules... qui n'é-
taient d'ailleurs composées que d'une eau
appelée... monsieur Ernest... cette eau

s'appelle... mon Dieu ! le nom m'échappe... Mais dites-moi, quand M. le curé faisait sa partie d'échecs avec votre pauvre mère... cette chère comtesse, que devant Dieu est son âme, j'en mettrais bien la main au feu pour celle-là... vous rappelez-vous comment elle nommait les plus petites machines qu'elle faisait aller, marcher, venir avec sa main si blanche et si jolie ?

— Des pions, dit Ernest.

— C'est ça, Monsieur, de l'eau de pion.

Ernest partit d'un grand éclat de rire.

— De l'*opium*, tu veux dire, ma bonne, répliqua-t-il... L'opium a la vertu d'endormir...

— Et de tuer aussi, monsieur Ernest, reprit Janon d'un air piqué... Je sais bien ce que je dis, peut-être. M. le comte et madame la comtesse répétaient assez souvent, pendant la maladie du petit Hector, car il fut très-malade des suites de son imprudence : « Mais tu pouvais mourir, vilain enfant, tu pouvais mourir... » Cela

doit vous apprendre, ma chère Mathilde,
ma chère Juliette, mon petit Auguste... Je
ne vous dis rien, à vous, monsieur Ernest,
parce que vous vous croyez bien plus sa-
vant que votre pauvre bonne... cela doit
vous apprendre, dis-je, qu'il ne faut rien
prendre d'une main que vous ne connaissez pas, et encore moins le manger...
ainsi que vous l'avez fait, l'autre jour, de
ces gâteaux achetés à un autre qu'à Brin-
d'Amour, si tendres, si doux, et si bien
feuilletés.

— Brin-d'Amour? interrompit Mathilde
en riant.

— Eh non ! ses gâteaux, dit Janon.

— Du reste, ton histoire est charmante,
dit Ernest, et tu mériterais un sabot d'honneur pour la manière extraordinaire et
fantastique avec laquelle tu racontes les
choses les plus simples...

— A propos de sabot, dit Janon, vous
rappelez-vous, monsieur Ernest, un vieux
sabot avec lequel vous jouiez quand vous
étiez tout petit, ce sabot que madame

votre mère conservait avec tant de soin, bien que mon nourrisson, le général, eût souvent répété l'ordre de le jeter au feu?

— Le sabot de Ramouniche? demanda Ernest.

— Juste, dit Janon; c'est là une fameuse histoire!... Ce sabot a causé bien des infortunes à son propriétaire... allez!

— Oh! conte-nous ça, conte-nous ça, Nannon, s'écrièrent tous les enfants à la fois.

— Demain, chers astres, demain, dit la vieille nourrice; aujourd'hui j'ai mes ouvriers à surveiller.

— A demain, donc, soit, répondirent-ils.

FIN

TABLE

—

FIN DE LA TABLE.

Limoges. — Imp. Eugène ARDANT et Cⁱᵉ.

www.ingramcontent.com/pod-product-compliance
Lightning Source LLC
Chambersburg PA
CBHW060831250626
47162CB00005B/2029